W0284368

HÉMATOME

Maud Mayeras vit à Limoges. *Hématome*, son premier roman, a été sélectionné parmi les trois finalistes du prix du Polar SNCF 2006.

MAUD MAYERAS

Hématome

ROMAN

CALMANN-LÉVY

© Calmann-Lévy, 2006.

ISBN : 978-2-253-12236-4 – 1re publication LGF

Pour Max, et sa fabuleuse impatience.

La lumière de la mémoire hésite devant les plaies.

Louis Aragon.

BROUILLARD

1

L'acier pénètre ma chair avec une force presque animale. Je ne peux hurler, l'obscurité recouvre chacun de mes souffles d'un voile noir et épais. Je suis aveugle et sourde.

Aveugle et sourde…

Ma… Ma tête…

— Elle se réveille… doucement…

Comment fait-on pour sortir de ce champ de coton ? Respirer me fait mal… Pourquoi ai-je l'impression de me noyer ?

Pourquoi mes yeux ne s'ouvrent-ils pas ? Ou bien sont-ils déjà ouverts ? Je ne vois plus rien… je suis… je suis…

— Où suis-je ?

— Tu es à l'hôpital, princesse. Tout va bien.

Princesse ? Est-ce moi que l'on nomme ainsi ? Ma gorge est si sèche. J'ai besoin d'eau. Princesse… Ah, ma tête…

— Baissez la lumière s'il vous plaît, qu'elle puisse au moins ouvrir les yeux.

Merci bien, qui que vous soyez, mes sinus euphorisent déjà. Qui est là ? Je suis tellement fatiguée…

Je sens mes paupières se décoller enfin et, malgré l'obscurité, la douleur est vive et pleine. Quelqu'un me tient la main, mais j'ai beaucoup de difficultés à sentir sa peau.

Je ne parviens pas à discerner les visages qui se penchent sur moi. Un halo flou s'étend autour de chaque silhouette. Suis-je au paradis ? Est-ce cela, finalement, le Jugement dernier ?

— Ma tête… Qu'est-ce que…

— Je suis là. Ça va aller maintenant, ne t'en fais pas.

Très optimiste.

La voix est douce, légèrement rauque, comme dévorée par trop de tabac.

— Qui êtes-vous ?

— Emma, c'est moi… Karter…

Le jeune homme se penche sur moi. Plus près, presque jusqu'à me toucher. Alors, le halo disparaît. Je sens son souffle sur mon visage, et l'odeur de nicotine pénètre mes narines. Il est trop proche pour que je puisse distinguer véritablement ses traits. Il se recule, lentement. Et l'adrénaline monte, puissante et sèche.

Ses lèvres.

Un monstre.

Ses lèvres.

Je ferme les yeux. Pour calmer mon cœur qui s'agite trop vite. Pour me raisonner. Tout va bien. Tout va bien, « Emma », c'est bien cela, mon nom ? Mes yeux se plissent et tentent un nouveau regard sur l'extérieur. Il est toujours là, tout près. J'observe la déformation sur sa bouche. Un bec-de-lièvre, opéré peut-être un peu tard, tend ses lèvres jusqu'à la base de son nez. Une simple opération, rien de plus. J'aurais préféré un autre accueil que cette image. Mon cœur se calme, et l'adrénaline daigne se retirer.

— Bonjour, mademoiselle Kazan, je suis le docteur Dakt. C'est moi qui m'occuperai de votre dossier. Vous avez subi un gros choc, mademoiselle. Vous êtes restée plongée dans le coma pendant près de quatre jours. Votre mémoire mettra peut-être un peu de temps à se rétablir complètement. Vos examens sont normaux.

Mes examens sont normaux. Et ma mémoire, doc ? Je ne me souviens de rien ! Même pas de mon propre nom ! Que s'est-il passé ? Quatre jours de coma... pour quelle raison ?

Les halos ont complètement disparu autour des deux hommes dans ma chambre. Le docteur semble jeune. Sa blouse, trop grande pour lui, l'oblige à allonger chacun de ses gestes en de grands mouvements artistiques. Alors sa main, dans une arabesque démesurée, se colle au dos de Karter.

Le jeune homme au bec-de-lièvre bascule légèrement en avant et une mèche épaisse tombe sur son front. Il lève les yeux vers moi et son regard gris me rassure. Son visage hâlé se dessine tout autour en traits fins, comme un tableau. Un tableau déchiré en plein milieu.

Ils se dirigent ensemble vers le couloir. La porte entrouverte me permet de les observer, mais, malgré cela, je ne saisis aucune de leurs paroles. L'expression torturée du jeune homme au bec-de-lièvre compromet mon avenir. Pas de larmes, c'est déjà ça.

La douleur dans mes tempes est lancinante. Comme

une vis qu'on ne cesserait de tourner sans jamais pouvoir l'enfoncer tout à fait. Quant à mon corps… difficile de me prononcer. J'ignore si je ne l'ai pas perdu en route. À regarder la forme sous les draps, j'ai l'air d'être entière. Ils ont dû masquer la douleur en me gavant de morphine. Le tube d'une perfusion glisse jusque sous le drap blanc. L'aiguille doit être plantée dans mon bras. Sans nul doute. Ou bien… je suis totalement paralysée, et c'est un fauteuil en acier qui m'attend pour finir ma vie.

Finalement, mon ventre réagit et les nausées commencent à m'assaillir sans préavis.

Revenez maintenant s'il vous plaît… ne me laissez pas seule… l'éther sent bien trop fort. Je ne peux pas bouger, ne me laissez pas…

La star adrénaline refait une brève apparition, la fatigue l'escorte et la rend plus forte.

Tu n'auras plus

La porte.

Jamais peur du noir.

Les voilà. Enfin.

— Emma, nous allons vous garder en observation pour quelques jours seulement. Après cela, vous serez libre.

Il sourit, l'abruti. Libre ? Libre de quoi ? Je ne sais même pas si j'ai un appartement. Je ne vivais pas sous ce pont, avant ? Mais si, là-bas, dans ce…

— Dans moins d'une semaine, nous serons chez nous.

Chez nous ? Il y a donc un « nous ». Je ne dormirai pas les pieds dans la rivière. Bien.

Karter prend ma main. Mon léger mouvement de recul le surprend. Alors, il serre plus fort. Malgré la déchirure, son visage semble serein.

Plus jamais.

La nuit va être longue. Affreusement longue. Je regarde Karter. Il somnole sur le vieux fauteuil en cuir orange *seventies*. Très stylé, ma foi. Lui aussi a dû observer et détester mon sommeil. Mais il est dans cette chambre, près de moi. Il me protège. Et seuls ses rêves le forcent à lâcher ma main.

2

Deux heures. Impossible de fermer l'œil. Quatre jours dans le coma, ça repose.

Cent cinquante mille images fusent à six cents kilomètres/heure dans le fond de ma tête. Sans rien de concret. De simples flashes, des bribes d'histoires. Comme de vulgaires photographies détruites dans l'instant. Une grande forêt de conifères qui s'étend jusqu'au bout de l'horizon, à perte de vue. Comme un grand tableau vert et brun. Flou. Un arbre couché et un homme à côté. Son bras puissant cache son front trempé de sueur. Rien d'autre, pas de voix. Aucun visage. Juste cet arbre couché et cet homme à la chemise collée en auréoles humides contre sa peau.

Et cette femme en rouge. L'image me frappe comme un coup de marteau en plein visage. La couleur trop vive autour d'elle, douloureuse. Un voile sombre couvre son visage : c'est elle qui apparaît le plus souvent.

Foutus médicaments délirants.

Pourquoi mon cerveau est-il si actif dans ma tête si inerte ? J'ai la vague impression d'être l'un de ces légumes à la salive trop blanche. De ceux que l'on doit nourrir, laver et torcher.

Nourrir. Laver. Torcher.

Tout va redevenir normal. Le docteur lui-même l'a dit, ce doit être vrai.

Car si cela ne s'arrange pas, mon avenir est tracé. Je m'attellerai moi aussi à écrire des best-sellers grâce aux seuls battements de mes cils, et avec la fortune acquise, je me procurerai de nouveaux barreaux en titane pour mon minuscule lit au matelas de mousse. N'ai-je pas vu cela dans une émission télévisée ? Tard le soir ? Probable.

Pourquoi me souvenir de pareilles idioties ? Les lois du cortex sont impénétrables.

Pourquoi ne m'a-t-on pas donné les raisons de ma présence ici ? Est-ce si grave ? Suis-je tombée d'un avion en plein vol ? Roulais-je trop vite sur l'autoroute ? En savais-je trop sur les hautes sphères ? M'a-t-on trouvée sous le bureau du président ? Va savoir… Sourire fait mal. Je m'en rends compte et efface cette esquisse ratée de mon visage.

La bouche de Karter est légèrement entrouverte. Sa respiration roule et ronronne dans la chambre. Il ne bave pas encore… Ne pas sourire, j'ai dit. Je ne sais même pas qui il est… mon mari ? Je doute. Mon frère ? Je ne pense pas non plus. Mon meilleur ami homo ? Possible. Mon mac ? Arrête, Emma.

En y regardant de plus près, son visage n'est pas si monstrueux.

On dit que chaque enfant, juste après sa naissance, rencontre l'Ange du silence. Chaque enfant naît omniscient. Il connaît tout de la vie, de la mort, du monde humain, animal, végétal. Tout. L'Ange du silence, à l'instant où l'enfant va pousser son premier cri, glisse son index sous son nez, et étend le mouvement jusqu'à ses lèvres. À ce moment précis, l'enfant oublie tout.

Son ange à lui a un peu dérapé, voilà tout.

Un artiste pourrait comparer ses lèvres à un voilier nu, dont le simple mât lutte contre le vent. Mais, je ne pense pas être artiste.

Cependant, Karter n'est pas repoussant, bien au contraire. Ses yeux gris m'enveloppent à chaque regard qu'il pose sur moi. Ses cheveux, plutôt sombres, sont décoiffés par trop de nuits sans sommeil. Il est si grand, si fin… Il est mon seul point d'attache pour l'instant. Celui qui me relie à la vie. Lui seul m'aidera.

J'ignore à quoi je peux ressembler… Suis-je brune ? Une vraie blonde ? Ai-je le nez refait ? Est-ce réussi ? Suis-je défigurée, moi aussi ? Qui sait, peut-être pensera-t-on à moi pour le prochain remake de *La Créature des Enfers.*

Et pourquoi tant de souvenirs télévisuels ? Étais-je directrice de chaîne ? Je devais avoir les yeux en permanence rivés à un écran… Mémoire cathodique, certainement.

Je remarque qu'il n'y a pas de miroir dans cette chambre. Pour laisser aux malades leur imagination, je suppose. Ou l'espoir de croire aux compliments hypocrites de tous ceux qui viennent leur rendre visite – *oh, ma chérie, comme tu as l'air resplendissante !* Cancer de la thyroïde, phase terminale. En ce qui me concerne, j'ai du mal à croire qu'une tumeur à la gorge puisse faire si mal au nez. Il me semble enfler un peu plus à chaque fois que mon cœur se décide à battre. Mieux vaut même oublier de le toucher, la douleur et ses conséquences seraient impardonnables. Ils se sont vraiment acharnés, les salauds. J'espère simplement ne pas être venue ici pour une opération esthétique. Si tel est le cas, je leur colle un sacré procès en sortant.

Ou suis-je tombée dans les escaliers ? On n'est jamais à l'abri d'une mauvaise chute. Étais-je si maladroite ? Suis-je réellement intelligente ? Ai-je fait de longues études ? Où est ma mère ?

Il fait trop sombre. Les médicaments nocturnes commencent à produire leur effet. Le lit tourne légèrement, flotte en l'air entre les murs blancs.

Il fait vraiment trop sombre. Des veilleuses pour adultes devraient être mises sur le marché. Sans carte stellaire qui danse au plafond. Sans musique douce, non. Juste un peu de lumière. Pour éloigner le croquemitaine.

Une faible lueur provenant du couloir me permet de ne pas sombrer dans l'obscurité la plus totale. Aucun bruit autour. Les yeux de Karter tremblent un peu sous ses paupières, Les miens commencent à se fermer. Il doit être en plein rêve, comme ces animaux qui chassent pendant leur sommeil. Mais lui ne halète pas, et n'a pas la patte arrière convulsive… c'est plutôt rassurant. Sourire est moins douloureux. Le coton m'enlace à nouveau. L'univers devient moins net.

Ça va aller, maintenant.

J'aimerais tellement le croire… Sa main a définitivement lâché la mienne. Mes yeux sont fermés. Le lit tourne vite. Je plonge dans les fibres douces d'un sommeil paradoxal… plus rien n'existe…

Tais-toi.

— Emma ?

Tais-toi ou…

— Princesse, réveille-toi.

je t'arracherai la langue.

3

Le soleil qui s'infiltre entre les stores est douloureux. Le coton colle encore à mon corps. Ma bouche est pâteuse et je passe rapidement ma langue sur mes dents ; trois sont tombées dans mon rêve. Trois dents sur le capot d'une voiture à la couleur indéfinie. Je sens encore la main tirer mes cheveux si fort que ma nuque a bien failli s'arracher. L'acier a cogné mon nez, mes joues. Jusqu'à ce que je tombe, vomissant mon propre sang.

— Elles sont toutes là.

— Hein ?

— Tes dents. Elles sont toutes là, ne t'inquiète pas, princesse.

Il sourit, mon expression doit le faire rire. Alors je ris aussi. Pour la forme. Puis il soupire, il a l'air épuisé. Je sens enfin ses doigts serrer les miens. Sa main est chaude et douce et je fais un effort intense pour répondre à son étreinte.

Un fourmillement entre mes cuisses. Elles sont tellement lourdes que j'ai du mal à les déplacer.

— Karter ? Mes jambes… Elles sont… paralysées ?

— Non, juste engourdies. L'anesthésie ne doit plus faire effet depuis un bout de temps maintenant, tu devrais déjà pouvoir marcher.

Marcher ? Facile à dire. J'ai déjà mal, rien que d'ouvrir les yeux. Alors marcher…

Nourrir, laver, torcher.

Mais il *faut* que je me lève.

— Aide-moi.

— Emma, attends bon sang !

Nourrir, laver, torcher. Pas d'autre alternative.

— Je dois aller aux toilettes.

Voilà, tu n'as plus le choix. Piégé, mon pote. Je vais y arriver, je vais… y… arriver… je…

Et mon univers descend d'un étage. Chute remarquable. L'information sol/genoux est montée en un éclair. Effectivement, Karter avait raison, l'anesthésie n'agit plus du tout. Les murs tournent et je lutte pour ne pas m'évanouir. Il s'est agenouillé près de moi. Je fixe toute ma concentration sur ses baskets rouges pour ne pas sombrer. Je suis mentalement les lignes de l'étoile dessinée sur le tissu. Il m'aide à me redresser et à m'asseoir sur le bord du lit. Les paillettes bleues qui emplissaient la pièce se clairsèment enfin… Et je…

Partout.

Du sang. Une tache rougeâtre longue et épaisse apparaît sur le drap blanc. Du sang impur. Il fallait que ça tombe maintenant, ça aussi ? Je remonte les couvertures en sachant que Karter a déjà tout vu. Mes lèvres se tordent.

— Écoute, princesse…

— Non, je dois vraiment aller aux toilettes. Aide-moi s'il te plaît.

Ses baskets rouges sont toujours là, bien utiles. Elles m'évitent de croiser son regard. Je me sens si sale. Il me soutient jusqu'à la porte. J'ai l'impression de mettre tout mon poids sur son épaule.

— Tu veux que je t'accompagne ?

Nourrir, laver, TORCHER. Tu déconnes Kay.

— Non, ça va aller. Je vais me débrouiller toute seule.

Ouais, d'une grande prétention, Emma. Oh, mais merveille des merveilles, des poignées sont vissées partout dans les murs. Cela me permet de conserver la station debout pendant quelques secondes de plus. Ma blouse est tachée en divers endroits. C'est bien ma veine. Le nez éclaté ne suffisait apparemment pas.

L'une des poignées dans une main, je tente de faire glisser ma petite culotte de l'autre. Glisser. Bel euphémisme. Un siècle entier va s'écouler avant que ce foutu bout de tissu n'atteigne mes genoux.

— Emma…

Je crois que je vais l'enlever complètement. Le coton est visqueux… c'est normal, ça aussi, doc ?

Du sang.

L'odeur est forte et cuivrée. Presque amère.

Partout du sang.

— Emma, il faut que je te parle de quelque chose…

Je remonte la blouse pour m'asseoir. Regarder le

plafond. L'odeur sera moindre si je regarde le plafond blanc.

Ô siège sacré, sois-tu béni au plus haut des cieux. Mes yeux se ferment presque, dans l'attente du soulagement.

Puis le vide. Rien d'autre que la douleur. Et vient le hurlement. Non, soyons plus honnête, le braillement. Je suis en train de brailler. Ma vessie est un vase brisé dont les bouts de verre me déchirent peu à peu en allant frapper la cuvette. Je sens la sueur fraîche et immédiate couler sur ma peau. Il faut que je regarde. Je retire mes mains du mur, moites d'adrénaline, pour soulever le reste de ma blouse maculée.

Mes cuisses. L'intérieur de mes cuisses est bleu, violet, jaune même par endroits. Un véritable arc-en-ciel de souffrance. Mon ventre a été défoncé jusqu'au nombril.

Ils m'ont violée. Ils m'ont déchirée de l'intérieur. Mes mains tremblent si fort. J'ai lâché la blouse. Ils sont allés si loin… comme si… comme si…

— Non…

Je crois déjà comprendre lorsque Karter fait bélier contre la porte.

— Non… non, non, non.

Je sens simplement mon corps se balancer d'avant en arrière. Et, plus vaguement, l'acide resté dans ma vessie. Est-ce la cuvette que je sens dans mon dos ? J'ai dû tomber… encore. Plus de bruit autour, plus rien. Karter a, je crois, trouvé le moyen d'ouvrir la porte. Sont-ce ses mains sur mes épaules ? Je distingue simplement sa bouche ouverte en grand. Crie-t-il ? Je n'entends rien. Il doit me serrer fort. Il me fait mal.

La question passe la barrière de mes lèvres avant même que j'aie vraiment envie de la formuler.

— J'étais enceinte ?

Karter soupire, sans sourire, cette fois.

— Je l'ai perdu ? C'est ça ?

Il pleure à chaudes larmes, il s'est retenu aussi longtemps que possible pour que je ne me doute de rien.

— Je veux savoir. Que s'est-il passé ?

Il baisse les yeux et ses chaussures rouges sont à nouveau un terrain commun pour nos regards.

— Dis-le-moi, Karter.

— Emma…

— S'il te plaît, j'ai besoin de savoir.

— Je ne t'ai laissée seule qu'un instant… un tout petit instant…

— Continue…

— On rentrait chez nous. Et tu as remarqué qu'on était suivis. Lorsque je me suis retourné, il m'a frappé à la tête.

— Qui ça, « il » ?

— J'en sais rien, un type. Il a cogné fort. Si fort que je suis tombé sur le trottoir. Comme un con. Je croyais qu'il en voulait à notre fric. Je t'ai hurlé de lui donner ton portefeuille…

— Oui…

— Il l'a pris et me l'a jeté au visage. Lorsque je me suis levé, il te tenait. Tu criais… tu criais si fort…

Je t'ai trouvée, ma belle.

— Qu'est-ce que tu as fait ?

— Qu'est-ce que tu crois, je lui ai sauté dessus. Mais… il m'a remis une droite. Regarde.

Il s'approche de moi et me montre quelque chose que je n'avais pas encore remarqué. Deux marques brunes juste à côté de son oreille droite. Et sur l'une d'elles, comme une légère croûte de sang séché. Comme si le type portait deux grosses bagues. Ou un poing américain.

Si Karter avait pu baisser le regard un peu plus, sa tête se serait affaissée à l'intérieur de son cou. Pour complètement disparaître.

— J'ai cru que tu étais morte debout, Emma, je n'ai rien pu faire… Il te tenait contre le capot de cette putain de bagnole, il te frappait avec une telle violence. J'ai cru qu'il t'avait tuée. Et puis il a sorti un truc de sa poche, un… oh non… je peux pas Em'.

— Continue Karter.

— Il te… oh, mon Dieu… il a soulevé ta jupe… il t'a… non…

Je t'ai trouvée.

— Va jusqu'au bout.

— Il t'a… il t'a violée…

Les reflets de la lumière sur le métal.

— Avec un crochet.

INTERROGATOIRE

1

Ils m'ont gardée ici une semaine de plus que prévu. Je nécessitais, paraît-il, des soins plus… approfondis. Ils m'ont collé des mèches à l'intérieur du corps. Sans détonateur. Simplement du coton pour absorber tout ce sang sale. Et s'ils ne me retirent pas les tripes à chaque fois qu'ils les changent, c'est tout comme.

Ils n'ont pas trouvé de traces de sperme. Ni empreinte, ni cheveu, ni même un bon Dieu de poil. Rien. Ils ne retrouveront jamais cette ordure…

Karter est là. Le jeune médecin a souhaité qu'il ne passe pas toutes ses nuits ici, avec moi. « Elle a besoin de sommeil », a-t-il dit, tripotant mon panneau d'examen à ne plus savoir quoi en faire.

Kay pleure beaucoup. J'en fais autant. Et les baskets rouges restent d'actualité.

Et soudain, dans un énorme vacarme, la porte s'ouvre en grand. Pas de petit médecin derrière ses petites lunettes carrées, cette fois.

Un chariot d'acier fait son entrée, grinçant sur le sol trop lisse. Et derrière, l'infirmière. L'heure est venue de changer mes pansements. Chaque matin, sans dire un mot, elle fait son travail minutieusement, parfois sans même me jeter le moindre regard. Elle est minuscule, fragile. Très fine, peut-être trop. L'activité ici à l'hôpital ne doit pas l'aider à grossir. Ses cheveux noirs et brillants sont tirés à l'extrême dans une queue-de-cheval qui retombe sur sa nuque. Et ses yeux sombres ne fixent que mon bas-ventre... Un jour, dans un souffle, elle a glissé son prénom. Jade. Sa peau a alors blanchi un peu plus et elle est repartie comme elle était venue, son chariot gémissant devant elle. Lentement, comme une minuscule fourmi poussant son précieux morceau de sucre.

Aujourd'hui, comme chaque jour, elle ôte délicatement le drap au-dessus de mon corps. Aujourd'hui, comme chaque jour, Karter se dirige vers la porte pour me laisser seule avec elle. Mais, cette fois, je veux qu'il reste. Je saisis sa main, et d'un regard, il comprend.

Le drap retiré, Jade enfile ses gants de latex. Et le rituel commence.

Elle délace ma blouse, je me retrouve nue devant eux, les mains posées sur mes seins dans une vaine esquisse de pudeur, les cuisses serrées jusqu'à ce que la douleur arrive. Le désinfectant, glacial, coule sur mon intimité, jusque sous la serviette posée sous mes fesses. Les picotements sont moins vifs depuis quelques jours. Jade éponge le surplus de liquide avec une compresse blanche. Karter se rapproche et je rougis. Il veut voir. Il se tient près de l'infirmière, gardant tout de même une bonne distance, mais pas assez pour rater une miette du spectacle. Je tourne la tête vers le côté.

Pour ne pas sentir son regard plongé en moi. Et Jade continue.

J'entends un bruit de métal. Je connais par cœur ce tintement. La pince. Elle va retirer la mèche, l'opération qui reste relativement la plus douloureuse. Je sens le métal grincer sur le coton lorsqu'il l'agrippe, et je serre le drap sous moi. La douleur remonte le long de mon corps jusqu'à effleurer chacune de mes vertèbres. Une vingtaine de centimètres cotonneux raclent ma paroi vaginale. Ma respiration est coupée. Cela ne dure que quelques secondes, les plus difficiles. Après vient l'introduction de la seconde mèche, vierge. On recommence tout, dans le sens inverse. La sueur coule le long de mes reins. C'est presque terminé. Il faut tenir le coup, Emma. De nouveau, le bruit du métal, qui me délivre. Le plus dur est passé. Une nouvelle giclée inonde l'intérieur de mes cuisses. Une nouvelle compresse blanche, et Jade retire ses gants. Elle m'aide à relacer ma blouse. Ma respiration redevient normale. D'un signe de tête elle nous salue tous les deux sans vraiment nous regarder, puis elle pousse son chariot vers la sortie.

Le silence.

Le silence s'étend en masse visqueuse et gênante sur toute la pièce. Karter gratte sa barbe naissante, et c'est lui qui fait le premier pas.

— Tu veux boire quelque chose, Em' ?

Il a peut-être raison, me retrouver seule quelques minutes me fera du bien.

— Du thé glacé, s'il te plaît.

Il s'avance vers la porte, manquant de s'effondrer

lourdement en se prenant le pied dans le lit d'acier. Je tourne la tête en pouffant légèrement. Il me lance un regard noir et ferme la porte derrière lui.

Je prends une profonde inspiration. Et mon sourire disparaît. C'est derrière la porte. Comme un bourdonnement. Un chuchotement confus.

Karter parle avec quelqu'un. Il a probablement dû croiser le jeune médecin aux lunettes carrées et ils conversent sur mon cas. Le docteur lui dit que mon état est stable, que mes examens sont normaux, mais qu'ils vont devoir me garder plus longtemps, puis il s'agite, trop petit dans sa blouse trop grande. La porte s'ouvre et ce n'est pas le médecin qui se trouve derrière. Ni Karter. Ni personne dont le visage me soit familier.

Un homme entre. Grand et gros, légèrement voûté. Il doit bien peser dans les cent vingt, cent trente kilos. Son teint est assombri par un début de barbe qui lui mange la moitié du visage. Il s'approche, lentement. Je recule dans mon lit, le dos figé contre le métal glacé des barreaux. Il saisit la chaise près de moi. Le crissement du bois sur le sol s'éternise. Il prend son temps. Il ne me lâche pas du regard, pas une seconde. Ses cheveux sont raides et épais, mal coiffés sur son gros crâne. Il chevauche la chaise, à l'envers, le dossier bloqué contre son torse, prêt à céder. Il me regarde avec ses petits yeux noirs, trop enfoncés dans leurs orbites. Il penche la tête et sa bouche se tord dans une moue à la De Niro. Il est comme ces chiens qui flairent la peur à des kilomètres. Parce que je crève de trouille. Et il le sent. Ce chien-là est prêt à attaquer. Je sursaute lorsque sa main trop large se tend vers moi.

— Bonjour, mademoiselle Kazan. Inspecteur Lukas Biaggi.

Il manque une dent à son sourire. Après une hésitation qui dure quelques secondes je lui rends sa poignée de main. Elle est moite et froide.

Inspecteur Biaggi… je hoche discrètement la tête. Soit ils engagent vraiment n'importe quoi dans la police de nos jours, soit Biaggi est en mission d'infiltration genre baron de la drogue au trente-sixième dessous des bas-fonds de la pègre. Super bien infiltré, le type.

L'inspecteur se rend compte que ses aisselles collées contre le dossier de bois ne relèvent pas d'une position particulièrement confortable, alors il retourne son siège et se cale à l'intérieur jusqu'à ce que le bois craque légèrement. Là, il sort un calepin de sa poche, apparemment neuf. Il tourne les trois premières pages quadrillées et retire le stylo coincé entre les spirales.

— Je suis venu vous poser quelques questions, mademoiselle Kazan. À propos de votre… hum… de votre agression.

Sa façon de prononcer les *u* et les *r* fait ressortir un accent italien bien travaillé. Il joue de son apparence. La mission d'infiltration, certainement. À fond dans le rôle, inspecteur…

Le cliquetis de son pouce sur le stylo retentit, me sortant brutalement de mes pensées.

— Mademoiselle ? Vous êtes prête ?

— Eh bien, à vrai dire… je ne me souviens pratiquement de rien.

— Nous allons essayer. OK ?

Je secoue lentement la tête en signe d'approbation. Je

n'ai pas vraiment le choix, je crois, inspecteur Biaggi. Il tapote la spirale d'acier du bout de son stylo.

— Allons-y, mademoiselle Kazan, de quoi vous souvenez-vous exactement ?

— Je vous l'ai dit, je ne me rappelle rien…

Je t'ai trouvée, ma belle.

— … ou peut-être de sensations vagues. Je me souviens d'une main qui tire mes cheveux. Très fort. De… d'un objet en métal qui brille au-dessus de moi… je…

Tout à coup, un grand coup de pied résonne contre la porte. Si violemment qu'un gémissement sort de ma gorge. Et Karter apparaît, une cannette de thé glacé dans chaque main. Il m'a fait peur, l'animal. Et l'autre De Niro à deux balles qui se marre. Reste calme, Emma.

Karter cale son regard sur Biaggi, et voit les yeux de l'inspecteur sur moi. Ses yeux inquisiteurs sur moi, sur mon visage abîmé.

— Je n'ai pas été trop long, princesse ?

— Non Karter. Tout va bien. Tu connais l'inspecteur Biaggi ?

— Oui. Nous nous sommes croisés dans le couloir.

Karter pose les deux cannettes sur la table et vient s'asseoir sur le lit près de moi. Alors De Niro s'adresse à lui, son satané sourire tordu flanqué sur les lèvres.

— Vous allez peut-être pouvoir nous aider. Vous étiez là lorsque l'agression s'est produite, vous avez tout vu, c'est exact ?

— J'ai quasiment tout vu. Jusqu'au moment où cet empaffé m'en a collé une. Il y a comme un petit trou noir.

— Pouvez-vous me décrire la scène, monsieur…

— Reppe, Karter Reppe.

— Je vous écoute, monsieur Reppe.

Kay se retourne vers moi et me demande s'il peut y aller, s'il peut tout déballer comme ça, là, devant moi, sans que cela me choque. Je lui réponds qu'il faut bien que je sois au courant de toute façon. Que quoi qu'il en soit, il faudra bien faire face à la réalité un jour ou l'autre. Alors je lui dis que oui, il peut y aller, tout déballer, comme ça, là, devant moi. Il baisse la tête et, dans un profond soupir, prend ma main, la serre fort, et plonge ses grands yeux gris dans les petits yeux noirs de l'inspecteur Biaggi.

— Nous rentrions du cinéma, on était allés voir ce film à la con avec ce Père Noël toujours bourré qui pillait les grands magasins pendant les fêtes de Noël. Je ne me souviens pas du titre, bref… il devait être environ minuit, peut-être un peu moins. Nous avons pris la petite ruelle à côté du cinéma pour rejoindre la voiture. On n'avait pas plus de trois cents mètres à faire, bon sang… Et c'est Emma la première qui a senti que quelqu'un nous suivait. J'ai cru qu'elle plaisantait au début, et puis elle a serré mon bras. Alors j'ai compris que quelque chose clochait.

Karter me lance un regard que je n'arrive pas à définir tout de suite. Et mes neurones, avec un peu de retard, réagissent. C'est maintenant que l'histoire commence vraiment, il va entrer dans les détails les plus croustillants. Ce regard me demande une dernière autorisation. D'un hochement de tête, il sait qu'il peut continuer.

— Le type derrière nous s'est approché, de plus en plus près, on entendait ses pas, de plus en plus rapides. J'ai vu sa main se poser sur l'épaule d'Emma. Je me suis retourné, la main déjà levée pour lui enfoncer mon poing dans la figure, et j'ai vu le gabarit…

— Et vous n'avez rien fait.

L'autre De Niro a bien appuyé sur le *rrrien fait*. Je ne crois pas que ce soit le bon moment pour chercher la petite bête, inspecteur…

— Non, je n'ai rien fait, inspecteur Biaggi. Le type était vraiment gros. Un peu comme vous, vous voyez le genre ?

Le sourire tordu sur le visage de Biaggi s'efface l'espace d'une seconde.

— Et ensuite ?

— Ensuite, sa main est venue s'écraser en plein sur mon oreille. Ça m'a sonné, j'ai perdu le contrôle pendant un moment.

— Et qu'a-t-il fait ?

— Il a attrapé Emma par les épaules et l'a projetée sur le capot de la voiture la plus proche. Là, il l'a saisie par les cheveux, il lui murmurait des trucs que je n'entendais pas d'où j'étais. Elle… elle criait… Elle hurlait mon nom.

Je t'ai trouvée, ma belle.

La main de Karter tremble légèrement contre la mienne. Mon cœur bat fort à l'intérieur de ma poitrine. L'adrénaline coule à flots.

— Continuez, monsieur Reppe.

— Lorsque j'ai repris mes esprits, je me suis jeté sur lui. Mais il était bien trop fort… Il m'en a collé une deuxième, au même endroit exactement. Ma tête tournait, j'ai cru que j'allais tomber dans les pommes. En plus, il n'y avait personne dans cette putain de ruelle. Il le savait. Il savait que ce serait vide, qu'il pourrait faire absolument tout ce dont il avait envie.

— Vous n'avez pas essayé d'alerter quelqu'un ?

— Les rues étaient vides je vous dis, comme si tous les gens du cinéma avaient décidé de partir dans l'autre sens. J'ai bien crié, mais personne n'est venu. Mon père m'a appris à crier « au feu » en cas de danger. J'ai crié au feu, au secours, au viol, au meurtre… Personne ! Pas une foutue réaction !

Sous les yeux de Karter, je vois apparaître des larmes. Il était totalement impuissant… Je pose une main sur son épaule, je sens sa chair trembler sous mes doigts.

— Reprenez-vous, monsieur Reppe, il me faut votre déposition complète pour que l'on puisse faire quelque chose. Seule votre aide nous permettra de le trouver.

— Excusez-moi. Je… Je l'ai vu presser la tête d'Emma contre le capot de la voiture. Et puis il a sorti un objet de son manteau, je n'ai pas vu tout de suite ce que c'était. Il l'a brandi au-dessus d'elle… Pardon, princesse.

À ce moment précis, mes yeux se ferment. Les vertiges reprennent. Je balance ma main en avant, d'un geste lui signifiant qu'il peut continuer, que ça va aller.

— Un crochet. Un putain de crochet en métal. Il a soulevé sa jupe. Et j'ai vu l'acier s'enfoncer. P-plusieurs fois. J'ai hurlé. Le sang a commencé à couler entre ses cuisses. Et puis, plus rien. Le noir total. Ma tête a heurté le trottoir… à partir de ce moment-là, je ne me souviens plus.

— Et quand vous avez repris conscience ?

— Il était déjà parti. Emma était allongée sur le sol, inerte. J'ai… j'ai d'abord cru qu'elle était m-morte. Elle gisait dans une flaque de sang… son sang. J'ai vraiment cru qu'il l'avait tuée. Je me suis approché, lentement, encore à moitié dans les vapes. J'ai vu le sang séché sur son visage, je me suis dit qu'il s'était bien passé plusieurs minutes depuis que j'étais tombé dans les pommes. Dix minutes, peut-être vingt… je ne sais pas…

— Et ?

— Et j'ai collé ma seule oreille en état contre ses lèvres. J'ai senti son souffle… si faible. Je l'ai prise dans mes bras et je l'ai conduite ici.

— Bien.

Je me concentre sur l'inspecteur Biaggi, qui griffonne sec sur son carnet à spirales. Il a rempli une bonne dizaine de pages qu'il tourne à chaque fois si brutalement qu'elles se déchirent à moitié. Je me concentre pour ne pas penser. Pour me persuader que tout ceci n'est pas la réalité. Qu'on ne m'a jamais introduit un foutu crochet dans le vagin. Mais la douleur me persuade du contraire. Karter ne me regarde pas. Il a honte. Honte de ce qui s'est produit. Honte de ne pas avoir réagi.

— Vous pouvez décrire l'agresseur, monsieur Reppe ?

Le bec-de-lièvre sous son nez se crispe un peu plus, il hoche la tête.

— Eh bien, à dire vrai, je n'ai pas vraiment pu distinguer son visage. Il portait un long manteau noir à large capuche. Je n'ai pu observer que sa bouche. C'est pour cela que je peux vous dire qu'il murmurait à l'oreille d'Emma. Je ne peux pas vous dire s'il avait les cheveux longs ou coupés en brosse, ni s'il était brun ou blond, ni même si c'était un putain de borgne. Je n'ai rien vu ! Rien !

— Gardez votre calme, monsieur Reppe. Vous énerver ne permettra pas de le retrouver plus vite.

— Tout ce que je sais, inspecteur, c'est qu'il était plutôt grand, et plutôt décidé.

J'écoute avec attention chaque mot qui sort de la bouche dévorée de Karter. Chaque syllabe est une souffrance, pour lui comme pour moi. Et je ne peux pas l'aider. Mes neurones sont bloqués. J'écoute pour me rappeler, mais rien ne vient. Pas le moindre souvenir.

— Y a-t-il quelqu'un d'autre avec qui je pourrais m'entretenir, la famille de Mlle Kazan par exemple ?

Karter me regarde, la bouche entrouverte, cherchant ses mots.

— Il y a comme qui dirait un petit problème… Son frère est mort à l'âge de neuf ans. Sa mère s'est suicidée.

Ses mots me frappent en plein visage. Ils sont morts ? Et mon père ?

— Et le père de Mlle Kazan ?

— Vous pouvez toujours aller lui rendre visite, mais vous n'obtiendrez rien. Ça fait plus de dix ans que lui et Emma ne se sont pas adressé la parole.

Génial. Et des amis ? J'ai bien des amis ? Un ou deux, au moins ? Allez, Karter, ouvre la bouche, bon sang !

Biaggi secoue la tête de droite à gauche, un air de dépit collé entre ses deux joues, à la place de son sourire de mafioso. Un bon à rien et une amnésique, il est bien tombé. Il gratte encore quelques pages, pour la forme, puis il glisse le stylo dans sa poche. Il prend le carnet dans sa main gauche puis me tend pour la seconde fois sa main droite. Lorsque je la serre, elle est sèche. Il a calmé ses nerfs, on dirait. Il serre la main de Karter, qui se lève pour l'accompagner jusqu'à la porte.

— Je vous contacte si on a du nouveau. Ne vous attendez pas à grand-chose pour l'instant. Généralement, l'agresseur se montre plutôt discret après un gros coup.

Un gros coup. Je suis un putain de gros coup. C'est tout ce qu'il a trouvé à dire. Karter ne répond pas et lui ouvre la porte, puis un merci s'envole lorsque celle-ci se referme.

Kay me tend l'une des deux cannettes posées sur la table près de mon lit. Le métal est déjà tiède entre mes doigts. Mais l'air manque, et j'ai soif.

— Étrange, ce flic.

— Ouais, on n'est pas près de trouver le type.

— On le trouvera princesse, ne t'en fais pas.

Je ne m'en fais pas. J'ai la paroi vaginale à moitié défoncée, mais je ne m'inquiète pas, Kay.

— Que sais-tu sur mes parents ?

— Je savais que tu me poserais cette question. C'est un sujet épineux, Em'. Tu es certaine de vouloir en parler maintenant ?

— Je veux simplement savoir à quoi m'attendre. La moindre phrase peut m'aider à me souvenir.

— Sans doute, mais ce n'est pas un sujet des plus gais.

— Crève l'abcès, Kay. Crève l'abcès.

— Si tu y tiens, princesse.

Alors Karter me raconte comment mon jeune frère, Thomas, est mort dans un accident de voiture, décapité par un camion qui a pilé trop brusquement.

Il me dit ensuite comment ma mère s'est suicidée dans un trop grand tube de somnifères et s'est couchée pour ne plus jamais se réveiller. Je lui demande s'il l'a connue. Très peu, il ne l'a rencontrée que deux ou trois fois. Il me confie qu'elle n'était pas vraiment bavarde.

Puis vient le tour de mon père. Il fait de nouveau allusion au fait que je ne lui parle plus depuis des années. Il ne sait m'en donner les raisons. Simplement, je dois lui en vouloir. Mortellement.

2

— Attends.

Quelque chose a traversé l'esprit de Karter. Il se dirige rapidement vers le placard face à mon lit. Derrière la porte, posée sur le sol, une valise noire. Mes affaires. Karter fait coulisser la double fermeture Éclair et soulève la toile. Sous les vêtements, deux documents. Il s'approche de moi, ne sachant s'il doit sourire ou non. Puis il me tend une feuille.

Une photographie. En noir et blanc.

Un petit garçon regarde l'horizon, les boucles de ses cheveux, retenus par un bonnet marin, flottent dans le vent.

Souris Tom…

Toooom ! Par ici !

Thomas. Mon frère. C'est lui sur la photo. Aucun doute. Malgré l'absence de couleur, la profondeur de ses yeux me saute au visage. Des milliers de nuances s'y confondent. La mer un soir d'orage, sombre et floue. Le papier est jauni et corné aux extrémités, comme si la photographie avait plus de vingt ans, ou bien comme si elle avait été touchée des milliers de fois.

Thomas est à l'avant de la barque, il regarde droit devant lui, concentré sur l'horizon, sur chaque bribe de nouveau paysage cachée derrière les branches que l'on franchit lentement. Tout est calme, et seul le piaillement de quelques merles vient troubler le silence. Je suis à l'arrière, j'observe la scène. Ma main gauche trempe nonchalamment dans l'eau fraîche, creusant des rides sur la surface trop lisse. Entre nous, une femme. Elle pose l'appareil photo devant elle.

La femme de mes visions. La femme en rouge.

Une écharpe carmin entoure ses épaules, couvrant en partie ses cheveux blonds. Elle surveille son fils. Pour qu'il ne tombe pas. Pour qu'il ne lui arrive rien. Moi, je suis grande, je peux me débrouiller toute seule.

Alors elle se tourne complètement et me fait enfin face. Ses sourcils sont froncés, ses traits, inquiets. Ses rides sont plus marquées que celles que je trace à la surface de l'eau.

Elle a peur. Elle est terrifiée. Et je semble savoir pourquoi. Je baisse les yeux mais sa voix me prie de croiser son regard. Elle m'ordonne de prendre les rames. Et de filer aussi vite que le vent. La petite barque grince un peu et accélère légèrement sa course. Thomas plisse les yeux pour aiguiser sa vue…

Mon petit frère. Mon petit frère *mort.*

— Où as-tu trouvé ça ?

— Je l'ai prise chez nous, pour que tu te souviennes…

— Ça commence à fonctionner. La photo a été prise sur un bateau, c'est bien ça ?

— Oui, sur une petite barque, sur la rivière près de ton ancienne maison.

Je retourne le papier.

Tom – 5 ans.

L'écriture est droite et élancée, sans fioritures. La mienne ? Peut-être…

— Qu'est-ce que tu as d'autre ?

Karter me tend la deuxième photographie. Elle est en couleurs, un peu plus petite. Une jeune fille, horripilante de joie, rejette la tête en arrière dans un éclat de rire. De longs cheveux clairs fondent sur sa nuque fine. Elle porte une robe d'été légère, blanche, et soulève à bout de bras un chat angora et obèse qui regarde l'objectif d'un œil vide et blasé.

Lillard… Billy ?

— Tu adores cette photo, c'est d'ailleurs bien la seule où tu te trouves jolie !

— C'est moi ?

Je suis donc cette inconnue que seule la présence d'un gros chat suffisait à faire rire… J'étais plutôt jolie. Le suis-je encore ? Étais-je enceinte ? Je suppose que non…

— Karter ? Est-ce que tu penses pouvoir me dégoter un miroir ?

— Hum… Emma, je ne suis pas sûr que ce soit…

— Kay, ça fait une semaine que je pourris dans ce lit, laisse-moi au moins voir mon visage, ça ne doit pas être si terrible !

Le jeune homme aux baskets rouges grimace. Il me regarde longuement, son hésitation est évidente. Il soupire puis me lance :

— Je reviens.

— Je ne bouge pas d'un poil.

Pas d'un poil, mon pote. Promis. Il se lève et passe la porte d'un pas rapide.

C'est le sourire fier et affublé d'un énorme miroir de plus de quarante centimètres de hauteur qu'il entre dans la chambre.

— Je n'en demandais pas tant !

— Aussitôt dit, aussitôt fait. Je l'ai pris dans la chambre voisine. Elle était vide.

— Merci Karter.

— Avec plaisir, princesse.

D'un sourire entendu il me tend l'énorme objet, que je pose d'abord face au drap, sur mes cuisses.

Je pense à mon corps, aux larges ecchymoses pourpres sur ma peau. À la douleur tout au fond de moi. Rien ne peut être pire. Alors, je retourne le miroir, lentement, et mon cœur s'agite. Mon reflet me fait face en véritable ennemi, allié parfait de mon corps meurtri.

Mes yeux sont rouges et enflés, conséquence plus probable de larmes que de coups. Ma lèvre supérieure a été ouverte, tranchée dans le vif. Une cicatrice rose court presque jusqu'à ma joue. Une plaie plus laide encore s'étend sur mon arcade sourcilière gauche. Une autre, identique, marque ma pommette. Trois points de suture grossiers en haut, deux en bas. C'est du fil de pêche ? Je crois qu'on a tenté de faire passer mon œil droit dans l'hémisphère gauche de mon cerveau. Bien essayé. Ma joue est violacée autour des nœuds bruns. *La Créature des Enfers* n'est plus très loin finalement…

Ma peau me fait d'autant plus souffrir que je vois maintenant ce qu'on lui a fait subir. L'entaille dans ma lèvre est profonde, j'en garderai probablement la cicatrice toute ma vie. Je comprends pourquoi le sel de mes larmes me faisait si mal.

Karter m'observe en silence. Sa main glisse dans mes cheveux et il s'approche pour poser un baiser délicat sur mon front, la seule partie encore vierge de mon visage. Il prend en compte chacune de mes réactions, prêt à me consoler à la moindre crise de larmes, si désolé que je puisse finalement contempler mes blessures. Le mal est fait, très cher… Impossible de revenir en arrière. Je baisse la tête dans l'espoir de ne plus affronter mon double l'espace d'un instant. Je soupire. Il va falloir s'y faire. Vivre avec ces plaies béantes. Elles se refermeront un jour. Certainement.

Lorsque je relève la tête, c'est pour examiner mes dents. Mes lèvres se retroussent dans une douleur infime, tirant légèrement sur les points fragiles et sombres. L'une des incisives est ébréchée, et une canine au tiers cassée. J'avais déjà senti ces défauts en passant ma langue sur le relief de l'émail, elles étaient plus pointues, plus tranchantes. Impossible de ne pas voir ces pièces manquantes. Je vais économiser au mieux mes sourires.

Je sens toujours le regard de Karter m'envelopper, prêt à réagir. Il sursaute lorsque la porte s'ouvre avec fracas. Le petit chariot s'avance en couinant, comme à son habitude. Jade, les cheveux tirés en arrière jusqu'à la douleur, nous salue d'un mouvement de tête presque imperceptible. Du même pas silencieux et régulier, elle s'approche, puis met ses gants de latex mécaniquement. Alors, bizarrement, elle lève les yeux sur Karter, et sa voix douce emplit la pièce dans un murmure.

— Vous allez rester cette fois ?

Le regard de Jade est glacial, je n'ai jamais vu cette expression dans ses yeux. Je n'ai jamais vu la moindre expression dans ses yeux, à vrai dire. Ses gestes se sont arrêtés, elle attend la réponse de l'homme aux baskets rouges.

— Pardon ?

— Vous souhaitez rester avec Mlle Kazan pour les soins ?

Le regard de Karter croise le mien. Il cherche une autorisation. Je baisse la tête. Débrouille-toi, mon pote, t'es grand.

— Non, je… je vais aller en griller une à l'extérieur.

— Bien.

Les gestes de Jade sont toujours suspendus dans le temps, comme si on l'avait mise sur *PAUSE.* Elle suit Kay de ses grands yeux noirs tirés par sa queue-de-cheval. Blessé dans sa fierté, il tâte ses poches et trouve les reliefs apaisants d'un paquet de vingt. Il sort, ses baskets traînant sur le sol lisse, et la porte se referme derrière lui. Le mode *PLAY* est relancé, les mains de Jade s'abaissent jusqu'au chariot d'acier et le métal de la pince retentit. La gêne d'être nue est moindre devant cette femme. Ce doit être le port de la blouse.

Elle retire délicatement la mèche souillée et la remplace. Le liquide froid coule sur ma peau à vif. Et elle enlève ses gants. Le chariot avance dans l'autre sens, le rituel prend fin.

Je t'ai trouvée, ma belle. Tu n'auras plus jamais peur du noir.

Elle s'est arrêtée.

Plus jamais peur.

Quelque chose la gêne.

Plus jamais.

Jade se penche, silhouette fine et souple, et sa main se faufile sous le lit. J'entends un bruissement, comme des ailes de papillon emprisonnées. Du papier. L'infirmière se redresse et aplanit le bout de papier froissé. Une petite feuille. Blanche. Quadrillée.

J'ai tout mon temps à vous accorder, mademoiselle Kazan.

Elle hausse les sourcils dans une moue de dégoût et me tend la feuille.

— C'est à vous, mademoiselle ?

Entre les carreaux bleu fade, une esquisse vaguement travaillée au stylo-bille. Une femme, nue, le sexe grossièrement dessiné. Et son visage, constellé de taches diverses comme autant d'ecchymoses. Sous le dessin, maladroitement inscrit :

EmMatOmES

Hématome… Nom de Dieu. Les traits se superposent, comme s'il avait insisté sur chaque contour. Comme s'il… passait le temps. Comme s'il s'amusait…

Biaggi.

Le flic. Ce putain de flic ! Voilà pourquoi il grattait

autant son calepin à la con… Il s'en branle royalement de retrouver le salaud qui m'a agressée. Il n'a pas écouté un mot de tout ce qu'on a pu lui dire. Une affaire minable de viol, ça ne l'intéresse pas ! La femme sur le dessin sourit, un sourire vulgaire souligné par des lèvres trop épaisses et de trop longs cils.

Tout au fond de mon ventre, les nausées se réveillent brutalement.

— Mademoiselle Kazan ? Ça va aller ? Mademoiselle ?

Je sens les larmes couler sans que je puisse les retenir. Personne n'en a rien à foutre. On ne le retrouvera jamais. Jamais. Je sens les mains fraîches de Jade sur mes épaules. Je plonge dans ses bras, contre son corps. Elle me serre contre elle, silencieusement. Elle caresse mes cheveux pour que le calme revienne. J'ai l'air tellement ridicule.

— Pardon… Pardon Jade.

— Ne vous en faites pas. Pleurez, cela vous soulagera…

Je renifle et retire ma tête de sa poitrine.

— Merci, dis-je en essuyant mon nez du revers de la main.

D'un geste, elle me fait comprendre que ce n'est rien, qu'elle a l'habitude de ce genre de choses. Une esquisse de sourire se dessine sur ses lèvres lorsque la porte s'ouvre à nouveau.

Le docteur Dakt entre, nettoyant ses petites lunettes carrées sur sa blouse trop grande. Il nous observe d'un air pincé. Il n'aurait pas réagi autrement si nous avions été en train de nous enfiler une ligne de coke, Jade et moi.

Karter le suit, fier de pouvoir à nouveau pénétrer dans l'aire interdite.

— Comment vous portez-vous aujourd'hui, mademoiselle Kazan ?

J'essuie mes yeux rougis de larmes et cache rapidement la feuille quadrillée sous mon oreiller.

— Tout va bien docteur.

— Bien, nous allons donc pouvoir vous laisser sortir dès demain. Après lecture de vos examens, votre état semble stable et sans risque de rechute.

Ma bouche est ouverte. En grand. Ils vont me laisser sortir. Je cherche de l'aide et c'est vers Jade que je me tourne en premier. Elle me regarde, presque aussi paniquée que moi. Elle s'adresse à Dakt.

— Mais, Hans... Vous êtes sûr que ?

— Certain, oui. Vous avez quelque chose à redire à mon diagnostic, Jade ?

Il la fusille du regard. Hans Dakt. Son nom correspond bien à l'image qu'il veut donner de lui, très Allemagne de l'Est. Je ne peux m'empêcher de l'imaginer torturant ses patients, remontant ses petites lunettes sur ses petits yeux bleus, d'un air totalement satisfait.

Jade se tait. Elle baisse le regard sur le sol lisse et décide de repartir avec son chariot. Le crissement des roues brise le silence glacial et Dakt reprend :

— Vous sentez-vous prête à affronter le monde extérieur, mademoiselle Kazan ?

Non doc, mais je ne vois pas ce que ça change, je ne vais tout de même pas passer ma vie dans cette chambre.

— Oui, je suis prête docteur.

— M. Reppe restera avec vous cette nuit si vous le souhaitez.

« M. Reppe ? »

Oh ! mon Dieu ! Sauvez-moi ! À l'aide !

Ne crains rien petite fille, Karter Reppe est toujours là !

Karter Reppe, bien sûr…

— J'aimerais qu'il reste, oui. Merci docteur.

— Eh bien, je vous laisse tranquille. Reposez-vous mademoiselle Kazan, vous en avez besoin.

Tu ne sais pas à quel point, doc.

3

De nouveau seule avec l'homme aux baskets rouges. Le soleil d'hiver, blanc et douloureux, pénètre sous les stores, éclairant chaque recoin de la chambre.

— Tu as pleuré princesse ?

Cette phrase était emprisonnée dans la bouche de Karter depuis plusieurs minutes. Je le sens soulagé de pouvoir enfin me parler. Alors, je glisse ma main sous l'oreiller et sens la feuille de papier plier sous mes doigts.

— Nous avons trouvé ça sous le lit Jade et moi tout à l'heure.

Il s'assoit près de moi et examine le papier griffonné que je lui tends. Son expression change. Ses traits changent. En l'espace d'une seconde, le papier se froisse entre ses doigts sous quelque tic nerveux. Il est près d'exploser. Tout près.

— Biaggi ?

— Je crois, oui. Il se fout de savoir qui m'a violée. Je ne crois pas qu'il ait noté une seule de tes réponses.

— Dès que nous serons sortis d'ici, je vais retrouver cet empaffé. Je peux te jurer qu'il va entendre parler de moi. Tu peux me faire confiance, il va savoir qu'il a fait une belle connerie. Peut-être la plus belle connerie de sa vie.

Les doigts de Karter tremblent sur l'obscénité du dessin. Son visage a changé, comme si la cicatrice, au-dessus de sa lèvre, avait enflé sous l'afflux trop brutal du sang.

Je crois que cet inspecteur Biaggi de mes deux a intérêt à se planquer vite fait bien fait, s'il tient à garder la moindre ressemblance avec De Niro. Si Karter le trouve, c'est à la foire qu'il pourra partir en mission d'infiltration, et postuler pour le rôle de Joseph Merrick.

4

Dix-neuf heures. Le repas arrive. Je jette un coup d'œil à l'étal que m'offre Jade ce soir. Plus silencieuse encore qu'à chacune de ses visites, elle semble vraiment avoir été touchée par la remarque du docteur Dakt. Elle dispose délicatement le plateau au-dessus de mon lit.

De la soupe verte. Des épinards. Verts. Et de la compote (verte). Un vrai repas de gastronome. Ils ont dû me confondre avec les longs séjours, ce n'est pas possible. Je précise à Jade que je possède encore toutes mes dents, mais elle me confirme qu'il n'y a pas d'erreur. C'est ma journée, pas de doute.

Jade a mis en place un écran de télévision dans ma chambre, hier. Mieux vaut tard que jamais. Je ne l'ai pas encore mis en marche, je vais y remédier tout de suite.

Je confie le contrôle de la télécommande à Karter, qui allume puis change de chaîne.

Sur l'écran, une jeune femme, la trentaine, embrasse un homme. Leurs traits sont parfaits, trempés de la même toxine, figés dans le temps pour quelques mois. Jusqu'à la prochaine injection. Leurs regards, sans aucune émotion, se croisent à peine, et leur vocabulaire ne dépasse probablement pas les six cents mots, tout au plus.

— *Amour et Trahisons*, cette série est diffusée depuis des milliers d'années !

L'homme aux baskets rouges me regarde avec des yeux si grands et si ronds qu'ils vont probablement tomber dans les dix prochaines secondes. Je lui souris, il change à nouveau.

— *Le Moulin aux millionnaires.* Continue Kay.

Nouvelle pression sur la télécommande.

Un reporter, Nahn Bastine, porte de grandes bottes dont le caoutchouc remonte jusqu'en haut de ses cuisses, soulignant de manière exagérée ses attributs dans un pantalon à pinces totalement inapproprié. Selon lui et *Les images qui le prouvent*, les conditions climatiques sont catastrophiques cette année dans le Nord du pays. On n'avait pas vu cela depuis près de trente ans. Au moins.

— WWDL News, une chaîne d'information, aucun mérite, c'est inscrit en haut à droite de l'écran.

— Emma, c'est illisible vu d'ici…

— Encore.

L'image se modifie. Un homme plutôt jeune est assis sur un divan rouge. Son visage est tendu et les veines à ses tempes sont presque visibles, jusqu'au sang qui bat à l'intérieur. Il est à bout de nerfs. Face à lui, une jeune femme danse avec un autre homme qui a les mains posées sur ses fesses. C'est sa propre femme.

Je connais cette émission. *Chambre avec vue*, le principe est simple. La production s'occupe de dénicher un couple dont l'une des deux parties souffre de jalousie maladive. Plus le candidat jaloux laisse faire sa moitié, plus la cagnotte augmente. Aujourd'hui, sans nul doute, le candidat n'ira pas très loin. Sous les sifflets d'un public surexcité, le rival introduit sa langue dans la bouche de la jeune femme. Goulûment. Le jeu s'arrête. Le couple repart, riche et brisé.

C'est sa mâchoire qui va s'écrouler à son tour. Je le regarde et j'éclate de rire. Ma lèvre déguste mais je jubile. C'est trop bon. Il me suit et relance.

Deux femmes se caressent, simulant tour à tour le plaisir à chaque changement de caméra. Je n'entends pas la phrase que prononce celle de droite, mais des rires enregistrés lui répondent dans la seconde même. C'est une série. Seigneur.

— *Elles*, à cette heure-ci ? Aucun respect pour les enfants ! À quand Rocco Siffredi sur WWDL ?

Nouvel éclat de rire, simultané.

— Tu te souviens de tout ça, Em' ?

— Apparemment oui, de tout. Je ne sais même pas si je suis gauchère ou droitière, mais ça… J'ai cinq cents pages de programme télé dans la tête et je ne suis pas foutue de te dire avec quelle main je tenais la télécommande.

Soudain, il me lance la télécommande que je rattrape de justesse.

— Droitière, princesse.

Rire plus mitigé, plus nerveux. Retour fracassant à

la réalité. Il se penche vers moi et m'embrasse juste entre les yeux.

— Ça reviendra, il faut laisser aux choses le temps de reprendre leur place.

— Merci, Karter…

Sa main glisse à nouveau sur mes cheveux, son regard gris m'apaise. J'aimais cet homme.

Nous avons continué ce petit jeu pendant plus d'une heure. J'ai peut-être hésité sur le nom d'une série. Excepté ceci, je connaissais tout. Le nom des programmes, ceux des présentateurs, des émissions à petite intelligence jusqu'aux films à gros budget. Tout sur tout. Étais-je au chômage pour avoir avalé ces tonnes de niaiseries télévisuelles ? Non, il y avait bien trop de programmes anciens. Alors pourquoi tant de temps à tuer ?

— J'étais comme ça… avant ?

— Comme quoi, princesse ?

— Une droguée de télé.

— Tu n'as pas acquis toute cette culture ici, Em' !

— Kay, tu n'es pas drôle.

— Tu avais des périodes insomniaques durant lesquelles tu pouvais rester des nuits entières collée à l'écran, c'était assez étonnant. Tu pouvais suivre une conversation très spirituelle sans perdre une seule miette de *Cœurs en détresse.*

— À ce point c'est plutôt effrayant.

— Amusant, je dirais.

Je riais de sa façon de dormir, et je m'imagine à présent, masse inerte, affalée sur le canapé, l'œil inexpressif, sans oublier le mythique filet de bave du télévore reliant mes lèvres au tissu du sofa, conséquence terrifiante d'une lutte acharnée contre le sommeil. Et c'est moi qu'il appelle *princesse* ? Ha, ha, ha.

5

Il est un peu plus de minuit. Karter a déposé les armes. La journée s'est révélée difficile, pour nous deux. Lui qui a observé mon intimité abîmée, sans dire un mot, puis qui a dû répondre à ma place aux questions de cet enfoiré de flic. Du temps perdu. Une longue journée, pour rien. Mais demain, tout change. Demain, je rejoins l'extérieur. Je crève de trouille… Kay sera là. N'empêche, je crève de trouille.

Je me décide enfin à éteindre le démon cathodique pour ne pas gêner son sommeil. Ce démon qui en quelque sorte fait office de prélude à mon retour dans le monde des humains – monde plutôt hostile si l'on opère une moyenne entre chaque chaîne…

Karter est assis sur le fauteuil en cuir trop vieux, la tête posée contre sa main, épuisé, serein. Sa respiration est lente. Son sommeil est profond.

Mes oreilles bourdonnent, dans une berceuse qui devient agréable. Simple moment où l'univers entier commence à tourner, le début du sommeil paradoxal. Les médicaments jouent tout de même un sacré rôle dans la composition de mon nuage. Toutes mes pensées se confondent entre elles. Et…

Je t'ai trouvée, ma belle.

Mes nerfs lâchent et mon pied vient douloureusement heurter l'un des barreaux d'acier. Simples réflexes musculaires, avec la nette impression de basculer dans le vide. J'ai dû voir une émission sur le sujet qui prétendrait que ces réflexes moteurs proviendraient de nos ancêtres qui dormaient en hauteur, sur les branches des arbres. Ils tombaient parfois pendant leur sommeil et nous aurions conservé dans nos gènes cette sensation étrange de chute. Le bourdonnement a gagné l'intérieur de ma tête. Les images se brouillent. À nouveau cet homme dans la forêt, cet homme à la chemise salie. Son odeur… Et cette femme en rouge.

J'ai rejoint les ancêtres sur leur arbre. Ils me laissent vite seule sur l'une des plus hautes branches. Mes baskets rouges se balancent d'un côté et de l'autre, dans le vide. Je sens le vent caresser mes joues. Plus de douleur. Je regarde la ville au loin. Les immeubles, la danse des phares sur les routes qui s'entrecroisent, les émanations de gaz dans l'air nocturne. Les couleurs se mélangent. Je suis perchée sur l'arbre d'un jardin public. D'autres personnes sont là, en bas, partout autour de moi.

Envole-toi.

Ce n'est plus le vent mais leur souffle que je sens à présent sur mon visage. Un souffle commun où se mêlent trop d'odeurs. Tabac, chewing-gum à la fraise, whisky, chocolat…

Des voix m'encouragent.

Vole vole vole.

Et me poussent en avant. Le vent est plus fort, ou peut-être sont-ce elles qui deviennent plus violentes. Leurs voix glissent dans mes cheveux, comme autant de doigts. Elles deviennent puissantes, quasi matérielles dans mon dos. Elles me soutiennent, puis me poussent vers l'extrémité de la branche. Alors je m'accroche au tronc. Je l'étreins de toutes mes forces. Elles me bousculent, d'avant en arrière, et mon équilibre devient fragile. Je ne lâche pas la ville des yeux. Je ne veux pas les voir. Leurs voix m'effraient.

Envole-toi.

Je suis debout, je serre l'écorce entre mes bras. L'air a changé. Leur souffle empeste. Je le sens enlacer mes chevilles et remonter entre mes cuisses. Il devient brûlant. Il serre ma taille et tente de m'arracher à cet arbre. Mais je tiendrai bon.

Vole vole vole.

Je donne un coup de pied dans le vide, essayant de me dégager de ces mains irréelles et tenaces. L'une de mes chaussures glisse et vient s'écraser avec un bruit mou et mat sur l'herbe, tout en bas. Pas le bruit d'une chaussure. Sur la branche, les deux lacets blancs sont tendus. Jusqu'au sol.

Vole vole vole.

— Non…

C'est Karter qui est allongé sur le sol, les membres brisés en plusieurs endroits, étrangement disposés, tel un pantin aux ficelles trop lâches. Les lacets blancs le relient à la branche. Comme une toile trop fragile.

Vole.

— Non… Kay…

Princesse

Ses yeux sont ouverts sur la foule. Ils ne clignent plus.

Princesse

Les souffles agrippent mes mains, mes cuisses. Je ne lâcherai pas. Je ne…

— Princesse, c'est l'heure.

6

J'ouvre un œil et la lumière qui filtre à travers les stores m'écorche le cortex. Des doigts invisibles serrent mes nerfs optiques, manipulant ma douleur avec plaisir.

— Il est temps de te réveiller Em', tu vas voir comme il fait beau aujourd'hui !

— Je le sais, je le sais.

Je sens également une pression à l'arrière de ma nuque. Une vraie gueule de bois à la morphine. Comme si je m'étais pleinement intégrée au comité de fantômes de mon rêve. Ma bouche est pâteuse, encore pleine de leurs odeurs, plus écœurantes les unes que les autres.

Karter est en train de faire ma valise. J'aperçois beaucoup de vêtements noirs que je n'ai pas portés ici. Du moins, je ne m'en souviens pas.

Étais-je en deuil ? Non, pas avec des chaussettes pareilles. Impossible, trop colorées. Et c'est sans compter sur la découverte de chaussons auxquels il ne manque qu'un pompon. Dieu merci, pas de pompon. Mais de vrais goûts de chiottes.

Kay enroule plus mes affaires qu'il ne les plie. Comme

s'il était ailleurs, plongé dans un autre univers, une galaxie très lointaine. Je l'observe, un peu dubitative. Il range avec minutie, comblant le moindre espace avec culottes et autres accessoires. Et c'est triomphant qu'il m'annonce :

— J'ai fi-ni !

Sa phrase est rythmée par de petits à-coups successifs qui lui permettent de fermer la valise. Je souris et, d'un mouvement de tête, désigne la petite salle de bains.

— Tu es sûr, Karter ?

Un petit tas de linge est disposé sur le carrelage, au pied du lavabo blanc. Sa fierté coule et il soupire.

— Un jour, il faudra qu'on m'explique pourquoi seules les femmes parviennent à fermer leur propre sac.

— Peut-être parce qu'elles ne transforment pas tous leurs vêtements en rouleaux de printemps !

Il baisse la tête, un peu honteux, puis rejoint la salle de bains en soufflant entre ses dents.

— Je t'apprendrai si tu veux, soufflé-je dans un sourire. Il se retourne et je lui tire la langue, il me rend ma grimace et se penche pour ramasser le reste de mes affaires.

La porte s'ouvre sur le docteur Hans Dakt, que sa blouse blanche recouvre presque jusqu'au bout des doigts. Il remonte ses lunettes en pinçant les lèvres.

— Bonjour mademoiselle Kazan. Monsieur Reppe.

— Docteur.

— Toujours prête pour la grande sortie ?

Ha, ha, ha.

— Toujours.

— Voulez-vous prendre le petit déjeuner dans votre chambre, mademoiselle ?

Je mords ma lèvre inférieure pour éviter de lui demander quelle sera la couleur du jour… Karter retient son rire lui aussi.

— Eh bien, nous allons…

— Nous allons manger chez nous ! me coupe l'homme aux baskets rouges. Je le regarde et mime un merci silencieux, il sourit.

— C'est ça, nous allons manger chez nous.

— Très bien, mademoiselle Kazan. Je tiens cependant à vous revoir le mois prochain pour confirmer vos examens.

— Entendu. Vous êtes certain que tout va bien désormais ? On m'a tout de même pas mal amochée.

Il hésite quelques secondes et prend le panneau sur mon lit pour occuper ses mains.

— Vos blessures au visage ne sont que superficielles, et en ce qui concerne…

Il fait un mouvement circulaire avec sa main libre, désignant mon bas-ventre.

— … votre paroi utérine n'a été que légèrement écorchée. Nous avons retiré l'embryon et le placenta. Et nous avons suturé à plusieurs endroits pour éviter toute hémorragie.

— Il… Il n'a touché qu'au bébé ?

Karter grimace et plonge sa tête entre ses doigts. Le médecin hésite à nouveau.

— Oui. Il a agi… chirurgicalement. Mais…

Il s'arrête, comme s'il se rendait compte qu'il allait trop loin, puis reprend :

— Cela ne relève plus de mes compétences, mademoiselle Kazan, la police va prendre le relais. C'est eux qui vont vous aider désormais.

La police, comme tu dis doc, ne se bougera pas le cul. Et tu le sais aussi bien que moi. Tu dois voir des cas comme le mien tous les jours. Peut-être même pire. Trois points de suture et ça n'est plus ton job. Tu as fait ton boulot, doc. Ta femme et tes gosses t'attendent bien sagement à la maison… Pourquoi te fatiguer avec moi ? Aucune raison, hein ?

— Bien docteur. Merci.

Reprends tes esprits, Emma.

Kay aperçoit mes mains qui tremblent sur mon ventre, alors il prend le relais :

— Nous partons docteur Dakt. Merci pour tout.

Il est plus de onze heures. Le jeune médecin ne se fait pas prier et échange sa place avec Jade, véritable Sisyphe en blouse blanche derrière son chariot de fer. C'est l'heure de ma toilette quotidienne. Je refuse poliment, la remercie trois fois et lui précise que je serai sans nul doute plus à l'aise chez moi. Elle sourit et me serre la main. Elle est si fine que je sens presque ses os craquer entre mes doigts. Elle se retire, en bonne geisha moderne. Je commençais à l'apprécier. Qui changera mes pansements dorénavant ? Qui lavera mes plaies ?

Nourrir, laver, torcher.

Laissez-moi encore un peu de temps pour que je puisse m'en sortir toute seule.

Mais pas ici.

Ça pue ici.

Ça sent la mort.

EXTÉRIEUR, JOUR

1

Onze heures vingt-trois.

Après une dernière injection, ils ont retiré la perfusion de mon bras. Karter s'est absenté pour signer les derniers papiers nécessaires à ma sortie. Le produit dans mes veines est puissant et c'est tout un troupeau de fourmis qui envahit mon corps et ma tête en quelques secondes. Mes jambes s'alourdissent de quelques kilos et ma vision s'altère. Et c'est censé me remettre en forme ?

Kay revient en me disant que plus aucun fauteuil roulant n'est disponible, que je vais devoir marcher jusqu'au parking. Je me redresse dans une grimace, alors il me soutient. Je vais sortir de cette prison blanche. Découvrir le monde extérieur.

Je t'ai trouvée, ma belle.

Et tout ce qu'il recèle.

La porte grince lorsqu'elle se referme derrière nous. Karter a déjà porté ma valise jusqu'au taxi. C'est moi qu'il traîne à présent, véritable poids mort avec ma tête qui tourne. J'entends des murmures autour de gens que je ne distingue pas. Une voix douce glisse près de mon oreille. Une autre voix, plus grave et plus sèche, l'interrompt. Sont-ils deux ou dix ? Leurs visages s'étendent jusqu'à toucher le plafond. Je ferme les yeux et me laisse guider. Pour ne pas voir les monstres autour. Je sens l'air glisser sur mon dos humide de sueur lorsque nous arrivons dans ce qui doit être le hall d'entrée. Là, plus de bruit. Les voix se sont tues. Le silence avant le brouhaha extérieur.

J'ai le vertige. Comme ces condamnés qui retrouvent leur liberté après trop d'années d'emprisonnement dans une cellule de béton. Quatre murs qui leur font perdre toute notion d'espace. Leurs premiers pas dans le monde libre sont souvent difficilement supportables. Certains vont jusqu'au malaise. Ils s'enferment chez eux, se fabriquant ainsi une nouvelle prison.

Merci les émissions culturelles.

Ces quelques pas me semblent être des kilomètres. Je vais tomber. Mes jambes s'effacent sous moi. Je ne vais pas y arriver. Karter ouvre la porte et le vent glacial colle à ma nuque comme une écharpe de givre. Il brûle mes oreilles mais je le savoure, il est la vie.

Karter me pousse en avant, comme pour quitter plus vite cet hôpital et son odeur de mort. Je manque de m'écrouler sous la brutalité de son geste, mais je reste debout. Mes jambes reprennent peu à peu des forces, le sang circule à nouveau dans ma tête et je le sens battre à mes tempes. Le monde reprend forme, l'univers ne s'étire plus, il retrouve son aspect sombre et terne, enfin normal.

Le taxi nous attend. Le moteur tourne et le chauffeur m'examine comme si j'étais une bête sauvage. Fais gaffe que je vise pas la jugulaire, gros poivrot. La cendre au bout de la cigarette enfoncée sous sa grosse moustache tombe soudain. Cela semble perturber sa contemplation, alors il sort pour m'ouvrir la portière.

Sa chemise épaisse est rentrée dans son pantalon noir. D'une élégance rare. Son visage rouge nous salue et la cigarette bouge entre ses lèvres invisibles. Après plusieurs tentatives, la portière s'ouvre enfin. Nous rejoignons le confort mitigé du cuir rongé de la banquette arrière.

Karter glisse l'adresse dans l'oreille du chauffeur, le moteur émet une toux rauque et nous démarrons.

La douleur à l'arrière de ma tête s'est calmée. Le cuir grince lorsque je me mets un peu plus à l'aise. Je pose ma main dans celle de Kay et approche mon visage de la vitre.

Des champs noirs. À perte de vue. Le froid a décimé toute espèce végétale par ici. Les terres ont dû être labourées depuis plusieurs mois déjà, et de sombres et longs sillons se dessinent jusqu'à se rejoindre dans la perspective de l'horizon. L'espace ne provoque pas les vertiges attendus, au contraire, il semble m'apaiser. Je respire enfin, hors de cette chambre.

Je sens les doigts de Karter se promener entre les mèches sur ma nuque. Sa main est chaude et douce contre ma peau. Et le ronronnement du taxi me berce.

Il me semble connaître cette route par cœur. Je sens l'itinéraire. Peut-être les paysages se ressemblent-ils tous dans le coin, après tout. Les doigts de Kay se perdent dans mes cheveux mais je les perçois à peine.

Je découvre enfin le *monde extérieur.* Comme si je

naissais à nouveau. J'ai tout à apprendre. Tout ce que je devais savoir. Avant tout ça.

Nous quittons la grande route pour un embranchement un peu plus étroit. Nous commençons à rejoindre d'autres rues. Le centre n'est pas loin.

Nous pénétrons dans l'enceinte de la ville. Tout est décoré. Les guirlandes lumineuses enserrent chaque poteau comme autant de serpents venimeux. En quelques secondes, des dizaines de véhicules nous encerclent. Je tourne la tête pour échapper à l'étouffement. Je me repose sur l'épaule de Kay, qui me serre immédiatement contre lui. Le trajet devient de plus en plus sinueux et les nausées ne vont pas tarder. La douleur entre mes cuisses s'est réveillée. Tiens bon, Em', il ne reste tout de même pas cent bornes à parcourir…

J'aperçois un grand panneau digital sur la droite, j'y jette un coup d'œil.

NOUS SOMMES LE 12 DÉCEMBRE
12 h 10
6 °C
TRAFIC FLUIDE
LA VILLE VOUS SOUHAITE
D'EXCELLENTES FÊTES !

Bientôt

Emma ma chérie, demain c'est Noël.

Noël…

Aucun enfant n'a droit de le voir, sinon, tu brises son secret.

Le cœur de la ville se resserre sur nous. Les passants

sont de plus en plus nombreux tout autour et les plus pressés se permettent de longer le taxi. Les tenues se transforment à mesure que nous nous engouffrons dans les rues les plus étroites. D'abord le quartier huppé avec ses coiffes blanches et ses visons. Puis le quartier des affaires avec ses cadres en costume trois-pièces-attaché-case. C'est dans un endroit différent que nous pénétrons. Bien plus populaire. Les rats ne font pas encore partie de la communauté mais les mendiants ornent chaque coin de rue, la main tendue au plus offrant.

Le taxi s'arrête sur une place pavée. Karter tend au chauffeur deux billets que je ne définis pas. Nous sortons et l'homme au visage rouge et à la grosse moustache nous remet la valise noire. Kay la saisit d'une main et de l'autre me guide vers l'immeuble qui nous fait face.

Une quinzaine d'étages se dressent devant nous. La peinture sur la façade s'écaille par endroits en larges boursouflures sèches. À mesure que nous nous approchons de l'entrée, je peux constater la profondeur des fissures qui lézardent le mur jusqu'à plusieurs mètres de hauteur.

Pas de code à composer pour franchir la porte vitrée. Celle-ci est entrebâillée, et le verre de la partie basse n'existe plus. Des graffitis colorés couvrent les murs du hall. Tout un programme.

L'ascenseur exigu s'ouvre devant nous en véritable caisson de compression. Karter s'y prend à deux fois avant de parvenir à rentrer la valise et appuie sur le bouton cylindrique. Quinzième étage.

Les deux verrous sur la porte en bois laqué s'ouvrent en un clin d'œil.

A-t-on installé un sapin ? Avec des guirlandes, des boules dorées, des sucres d'orge et une étoile au sommet comme…

Pas d'étoile, pas de sucre d'orge. Pas de sapin. Lorsque nous pénétrons dans l'appartement, je ne découvre aucune décoration, rien qui pourrait dévoiler quelle période de l'année nous traversons.

Je suis Karter dans chaque pièce pour me donner une idée d'ensemble. La tête d'abord, le corps ensuite. On ne sait jamais.

J'appréhende cette visite pour je ne sais quelle raison. Je suis chez moi après tout.

2

Première porte à gauche : pièce principale

Elle est divisée en deux parties, le salon et la salle à manger. Le balcon les relie. Quinzième étage, assez haut pour dominer une bonne partie de la ville.

Vole vole vole.

Au centre de la salle à manger, une large table ovale entourée de ses six chaises. Dans le salon, sur le parquet, un tapis couleur crème. Sur le tapis, une table basse vitrée, carrée.

Pas de goûts de chiottes, finalement.

Sur la table basse, une télécommande pointée vers un écran gigantesque et sa montagne de films. L'intérieur contraste avec la vétusté du bâtiment. Je n'ai aucun problème d'argent, c'est évident. Ai-je finalement couché avec le président ? Secret défense.

Première porte à droite : cuisine

Du linoléum bleu sur le sol, du carrelage blanc sur les murs. Combien d'appareils ménagers peut-on loger dans une petite cuisine ? Il faut absolument venir chez moi pour le savoir. Cette pièce est une véritable usine de test. On trouve absolument tout : robot mixeur, machine à espresso, lave-sèche (-repasse ?)-linge, réfrigérateur américain. Une fusée en inox s'est même substituée à un presse-agrumes, l'art moderne sans nul doute. Au centre, une table massive. Je sens le bois lisse glisser sous ma main.

— Emma, qu'est-ce que tu prépares ?

De la farine sur mes doigts, je souris. Et cela ne me fait pas mal.

Son souffle sur ma nuque.

— Une recette secrète.

— Tu n'es pas rassurante ! Tant de chocolat pour un si petit plat. Si tu veux mon avis, autant acheter un pot de pâte à tartiner.

— Alors non, je ne veux pas de ton avis. Tu n'y connais rien jeune homme. Allez, file…

Ses lèvres frôlent mon cou et son souffle me fait frissonner.

— Arrête ! Comment veux-tu que je me concentre ?

Il éclate de rire et serre ma taille contre son bassin.

— Continue Emma, et c'est toi que je vais transformer en charlotte au chocolat.

— Des promesses, toujours des promesses.

Il serre plus fort.

— Je t'aime, ma princesse.

Mes doigts sont crispés sur la table à tel point que mes articulations sont blanchâtres. Relax…

— Emma ? Tout va bien ?

Je prends sa main un instant, elle est toujours

chaude et douce. J'ai besoin de lui. Maintenant plus que jamais.

Seconde porte à droite : l'atelier

Un grand bureau est tourné vers la fenêtre. Un ordinateur est allumé et l'écran de veille représente un bébé en train de danser d'une façon plutôt étrange. Pas besoin de voir ça.

— Tu ne l'éteins jamais.

— Tout change maintenant.

OFF.

Une énorme bibliothèque s'impose sur le mur d'en face. Elle déborde de livres. Certains beaucoup plus lus que d'autres. Dévorés même. Presque au sens propre. Tellement abîmés que quelques-uns ont égaré leur couverture.

Un tas de papiers traîne sur le bureau. Sur la plupart des feuilles volantes, on retrouve le même en-tête. Un logo basique : la silhouette d'une tête de chien. A-t-on adopté un chien à la SPA ? Un golden retriever siérait tellement bien au décor de l'appartement. Mais ça sent trop bon ici pour révéler une présence canine. Tout à coup, Karter me tire par le bras.

— Rien d'intéressant ici, viens.

Je reviendrai plus tard pour les détails. Merci du tuyau.

Au fond du couloir, gauche : toilettes

Pas de visite approfondie. Merci bien.

Au fond du couloir, droite :

Maman

Une porte qui cache un escalier. Un duplex. L'immeuble décrépit cachait vraiment bien son jeu. Nous montons.

À l'étage, première porte à droite : salle de bains

Une large salle de bains stylée. Exclusivement du bois et de l'émail. Au-dessus de la baignoire, une large fenêtre perce le mur et laisse généreusement passer la lumière. Un poste de radio est posé sur le sol.

Une musique a envahi la pièce, légère. J'entends vaguement un piano égrainer ses notes.

Ses mains immenses sont posées sur mon ventre et suivent ma respiration ; la fenêtre entrouverte laisse passer le peu d'air du plein été. Mes doigts ridés jouent avec une eau pleine de mousse. Je tente de dessiner quelque chose à travers les bulles, mais quoi ? Impossible de le deviner. De l'art abstrait, ce doit être ça.

Je l'entends rire doucement derrière mon dos.

— Tu te moques de moi ?

— Jamais je n'oserais, tu me connais.

Je me revois sourire. Je sens ses mains presser mon abdomen avec délicatesse.

— Tttt… Emma… Il va falloir que tu songes à ralentir sur les pâtisseries.

— Je ne te permets pas !

Je cambre les reins, mon nombril émerge.

— Ne t'en fais pas, même avec de la brioche, tu seras toujours la plus belle à mes yeux.

— C'est gentil mon amour, mais avec deux bouches à nourrir, il va être plutôt difficile de ne pas prendre un peu de poids.

— Tu veux bien répéter ce que tu viens de dire ?

— Je crois que tu as bien compris, tu vas bientôt être papa.

Même s'il fait frais, l'air est brûlant dans mes entrailles. Je veux sortir de cette pièce. Au plus vite.

— Tu te souviens de quelque chose, princesse ?

— Non, partons d'ici, s'il te plaît.

Tout va mieux.

Maman

Non. Je mens, ça ne va absolument pas. Mon cœur tape comme un forcené dans ma poitrine. Et j'ai peur. Il y a autre chose. Il y a… ces pleurs.

Maman

En bas de l'escalier, ils ne pouvaient être que le fruit de mon imagination… Mais je les entends encore. Plus forts à mesure que j'avance. Comme une plainte d'enfant. D'un tout petit enfant. Un bébé.

— Kay ?

Si cristallins.

— Je suis là, qu'y a-t-il ?

Je deviens complètement folle, voilà ce qui se passe. Il est mort. MORT.

Si purs.

— Dis-moi que je ne perds pas la tête. Ce bruit.

Il sourit. Il sourit ? D'accord. Sourire signifie raisons de sourire, signifie que mon cerveau n'a pas encore totalement fondu. Il prend mon bras, délicatement, et me mène devant

Premier étage, première porte à gauche la chambre.

— Regarde-le, ton fauteur de troubles.

Sur le lit, étendu, l'énorme chat blasé de la photographie. Il est roux et vraiment obèse. Comment un son pareil peut-il sortir d'une telle chose ? Ses yeux ronds se posent sur moi. Il gazouille encore mais ne bouge pas. Tu as raison, préserve ta graisse, l'hiver va être rude. Fort heureusement, le matelas est posé à même le sol. Il aurait certainement fallu construire un monte-chat(rge) si ce n'avait pas été le cas.

— Je te présente…

— Lillard ? C'est bien ça ? Lil'Wild Bill ?

— C'est tout à fait ça.

— Les choses reviennent petit à petit.

— C'est bon signe princesse.

— Je l'espère.

Je m'approche de Wild Bill. Dès que je le touche, il ronronne. Je retire ma main et le vrombissement s'arrête. Je m'y amuse trois ou quatre fois, même cirque.

— Il est génial !

— Et ce n'est pas tout. Billy ? Dis « maman ».

Et l'énorme angora de pousser un « maw-maw » obéissant et fier.

Maman

Maw Maw

C'est ça que j'entendais depuis l'escalier. Il m'a foutu une trouille bleue ce chat.

— C'est toi qui lui as appris ça, Emma.

— Rassure-moi, on ne va pas le retrouver demain

matin devant le grille-pain en train de préparer le petit déjeuner ?

— Non, j'en doute fort.

Je remarque alors ses pattes arrière et leur inclinaison étrange. Je les effleure et sens des os anormalement saillants. Wild Bill gémit faiblement.

— Qu'est-ce qu'il a ?

— Son train arrière est totalement paralysé. Il marche très difficilement et a élu domicile dans notre chambre. Il se limite le plus souvent à l'étage.

— Pourquoi ?

— Une voiture.

— Une voiture ? Dans un immeuble de quinze étages ?

Il hausse les épaules et cherche sa réponse.

— La photo que tu as vue a été prise à la campagne. Ce chat ne connaît pas que la ville.

— Mmh… D'accord.

À la façon dont ses deux pattes ont été cassées, c'est impossible, elles ont été comme trop pliées vers l'arrière. Jusqu'à les briser. Une pression exercée à un endroit très précis. Même une voiture ne peut causer une telle fracture. À moins d'avoir des doigts.

Comment puis-je connaître tout ça ? Les documentaires animaliers ? Probablement.

Je regarde autour de moi. Apparemment, je n'ai pas couché qu'avec le président. Impossible. Cette chambre est une ode au sexe. Le lit immense est posé sur un parquet couleur sang. Des draps carmin, des rideaux rouille, des lampions japonisants colorent les murs clairs. Un store en paille laisse pénétrer quelques rais de lumière. J'aime le rouge. C'est certain.

— J'ai besoin de prendre une douche, la visite est terminée ?

— Elle l'est. Frotte bien.

Je rends le sourire que me tend Karter. Et sors. Il y a une autre porte au fond de ce couloir. Elle ne s'ouvre pas. Je me retourne vers lui.

— Pourquoi est-elle fermée ?

— Pour la seule et unique raison que si tu l'ouvrais, tout son contenu s'écroulerait sur toi.

— Tu as réponse à tout, ma parole.

— La clé est dans le tiroir de la table de chevet, ouvre-la quand tu voudras.

Il tente de se montrer si calme quand il parle.

— Et ta main qui tremble, c'est normal ?

Nouveau haussement d'épaules.

— C'est…

— Laisse tomber.

CLIC.

La porte de la salle de bains est verrouillée. Un peu de tranquillité. Je tourne le robinet d'eau chaude au maximum.

POWER

PLAY

Jim se met à fredonner que la fin est proche. Je laisse tomber mes vêtements à mes pieds. La buée commence à voiler le grand miroir contre le mur. Des traces de sang clair apparaissent sur mes sous-vêtements. Très peu, mais toujours présentes. Ce sang qui me rend coupable. Celui de mon enfant qui n'en finit pas de couler.

Ça cicatrisera. Il faut que ça cicatrise. Mes cuisses et mon abdomen sont encore tricolores, mais la souffrance s'estompe.

Le médecin a dit « pas de bain ». Je me glisse sous le jet d'eau, limpide et brûlante. Douleur exquise.

Jim hurle maintenant. Il veut tuer son père. Quant à ce qu'il compte faire à sa mère…

Comment en suis-je arrivée là ? Malgré mon visage humide, je sens les larmes courir sur mes joues. Tout est tellement confus. Je dois gérer trop de sentiments en même temps. Karter ment. Mentait-il déjà avant ? Me préserve-t-il ? De quoi ? De tout savoir trop vite ? Cela me détruirait-il vraiment ? C'est possible. Je réalise que je suis en train de pleurer entre mes mains, silencieusement. Pourquoi donc se cacher pour pleurer ? L'instinct, probablement.

Jim s'est tu. Le savon n'est pas efficace contre les hématomes. Mais c'est automatique. J'ai besoin de frotter, de nettoyer plus fort.

Du sang sur le carrelage.

Non.

Partout du sang.

Non. Plus de sang. Plus jamais.

CHAMBRE AVEC VUE

1

La chaleur m'épuise. La puissance du jet d'eau tanne ma peau depuis près d'un quart d'heure. L'eau est plus claire. J'ai senti le filet brûlant couler entre mes cuisses, emporter avec lui des lambeaux de souffrance brune. Autant arrêter maintenant. J'ai fait au mieux pour laver mon corps.

Une vapeur dense a envahi la pièce. J'entrouvre la fenêtre au-dessus de la baignoire juste quelques secondes pour respirer un peu d'air frais. Pour respirer, tout simplement. Mon corps semble peser un peu moins lourd lorsqu'il effleure l'oxygène neuf. Mais, nue, je suis bonne pour une pneumonie.

Je referme.

En face, le miroir me renvoie un vague reflet. J'observe les contours flous de mon corps. Ma silhouette s'étend sur la buée, blanche et fine. Mes bras, ma poitrine, mon…

Merde.

… dos. Deux grands arcs de cercle sombres le masquent dans sa quasi-totalité. Mais jusqu'où sont-ils allés ? Ont-ils frappé si fort ?

Je sors de la baignoire, m'aidant du mur pour maintenir mon équilibre précaire. L'eau file sur mon corps jusqu'au sol où elle se fige en taches incolores.

J'ignore si je veux vraiment voir ce qu'ils m'ont infligé. Je suppose que non. Mais ma main me devance en essuyant de son revers la buée sur le grand miroir.

Mon visage va mieux. Tant qu'on apprécie l'œuvre de Francis Bacon. Les points se sont résorbés au-dessus de l'arcade et sur la joue. Ils sont encore présents sur ma lèvre supérieure. *Motus et bouche cousue*. Ha, ha, ha. Mes cheveux clairs tombent sur la courbe de mes seins. Je suis si maigre que je peux deviner le relief de quelques côtes au travers de ma peau… J'ai si peur de voir… Tiens ! Re-bonjour miss Adrénaline. Toujours là, celle-là. Mais il faut que je sache.

Alors, je me retourne.

Vole vole vole…

Des ailes. De grandes ailes noires, repliées. De l'encre noire nuancée. Une pièce de maître, sur près de quatre-vingts pour cent de mon dos. Pourquoi ce tatouage ?

Aide-moi.

Karter est au courant ? Ne sois pas bête Emma, évidemment qu'il l'est.

Aide-moi à m'envoler.

Mais qui étais-je réellement ? J'essuie délicatement ma peau humide et chaude. Ce n'est pas douloureux et l'encre paraît plus claire à plusieurs endroits. Le tatouage ne doit pas être récent. La douleur est ailleurs. La…

— *Qu'est-ce que tu comptes faire Em' ?*

Un homme brun, pas Karter. Je souris. Pas ce sourire innocent que je me connaissais sur la photographie.

Autres lieux, autres mœurs.

— Puis-je vraiment faire quelque chose ? Aide-moi, simplement.

— T'aider Em' ? Et comment ?

— Tu es mon magicien, mon fabricant de rêves. Aide-moi à m'envoler, même si ce n'est qu'un peu.

— Ce n'est pas la bonne solution, Emma, et tu le sais.

— C'en est une parmi d'autres.

— Alors j'en trouverai une autre.

— Fais ce que je te demande, Trax. S'il te plaît.

Il soupire.

Puis il serre l'élastique. Et l'aiguille s'enfonce lentement au creux de mon bras.

— Envole-toi ma belle. Juste pour cette fois, tu as besoin de…

Mais je ne l'entends plus, sa voix n'est qu'un murmure sourd et lointain.

Tout s'enfonce. Tout s'écroule.

2

Radio position *OFF*. Je me sens faible et j'ai faim. Un peignoir et je sors. Une odeur cuivrée caresse mon nez, amère et entêtante, mêlée à d'autres senteurs… tomates, poivrons, fromage… pizza ! Je vais enfin pouvoir manger quelque chose de solide. Et non monochrome. Je regarde Karter jouer à la soubrette avec ses gants en Téflon. Un petit tablier brodé manque au tableau, ce serait parfait.

— *Calzone*. Rien de tel pour se refaire une santé, n'est-ce pas princesse ?

— Qui est Trax ?

Son visage se fige. Je pense avoir touché un point sensible. Son sourire s'est perdu, ailleurs.

— Trax Wardeo. Un empaffé de première. Tu te souviens de lui ?

— Vaguement. Juste de son nom. En fait, son visage m'a traversé l'esprit. Brun, je crois, des yeux noirs et…

— Oui, oui, c'est ça. Et comment tout cela t'est-il revenu ?

— Les ailes dans mon dos.

— Ah… tu l'as associé à ça ? Bien.

— Pourquoi ce tatouage Kay ? Qu'est-ce qu'il signifie ?

— Tu disais qu'il te redonnait confiance.

— Je n'avais pas confiance en moi ?

— Ce n'est pas un sujet qu'on abordait souvent, Emma. Ces ailes étaient un besoin pour toi.

— Et quel est le lien avec Trax ?

— C'est lui qui les a encrées dans ton dos. Il est tatoueur.

Une odeur particulière efface celle de la pizza l'espace d'un instant. Comme une odeur de crème. Douce et âpre à la fois. Une crème pour la peau. Anesthésiante. J'ai senti cette odeur des centaines de fois.

Il est tatoueur.

Il n'y a pas que ça et tu le sais. Ou peut-être pas après tout, peut-être que tu ignores tout…

J'ai vu l'aiguille, je l'ai vue s'enfoncer profondément dans ma chair. Je l'ai presque sentie. Le monde a bleui sous mes yeux puis tout s'est effacé. Le souvenir s'est arrêté. J'étais une camée. Une putain de toxico. Impossible de ne pas le voir. À quoi est-ce que tu joues, Kay ?

L'homme aux baskets rouges frotte l'arrière de sa nuque et grimace.

— La pizza refroidit, Emma.

L'ambiance aussi Kay. L'ambiance aussi.

Comme pour me donner raison, il baisse les yeux vers la table et laisse échapper dans un souffle :

— Avale ça.

Je m'installe face à lui. À côté de mon verre trônent trois jolies gélules bien dodues. Les mêmes que je prends depuis mon réveil à l'hôpital. J'ai un peu de mal à avaler la dernière, la jaune, un peu plus grosse que les autres, et je dois me servir un second verre d'eau pour y parvenir.

La pizza est mangeable malgré son centre de glace. Encore un peu humide des restes de congélation. Fameux… Sans compter que maintenant, c'est le parfum de Karter qui se mêle aux odeurs de tomates semi-fraîches. Comme une odeur de vieilles fleurs.

Autrefois, les Égyptiens embaumaient leurs morts avec de vieilles fleurs, du jasmin, des orchidées. Ils gavaient leurs cadavres de plantes pures. Leur corps, mais aussi leur esprit. Ils retiraient leur cerveau avec une longue tige courbée, détruisant ainsi la cloison nasale de la plupart des macchabées. Charmant.

Penser à des momies pourrissantes en ingurgitant du fromage mal cuit me donne une légère nausée. J'abandonne et pousse mon assiette vers le centre de la table. Je n'avais pas encore senti cette odeur, aussi présente, aussi écœurante.

Karter reste silencieux, les yeux rivés sur les dents de sa fourchette, dont il ne se sert que pour dessiner des arabesques tordues sur la nappe de coton blanc. Trax lui est resté en travers de la gorge. Il n'accepte pas que ce tatoueur partage mes souvenirs, alors que je ne parviens pas à me rappeler son propre visage… Ce qui est dur pour toi Kay, l'est pour moi aussi. Chacun son fardeau.

Je le laisse à ses dessins abstraits et décide de quitter la table. Cela vaut mieux. Je traverse le salon pour aller prendre un peu d'air frais sur le balcon. Quinzième étage. Mon cœur s'accélère lorsque la moitié de la ville s'offre à mes yeux. L'air me semble si bénéfique. Tout mon corps s'empiffre d'oxygène.

Je pose mes mains sur le métal glacé de la rambarde de sécurité, peut-être pour être définitivement sûre de ne pas tomber. Ou de ne pas m'envoler… Je me demande combien de temps il faudrait à ma tête pour qu'elle atteigne la dureté du sol, là-bas, tout en bas. Les passants sont minuscules, ils paraissent si fragiles vus d'ici. J'ai l'impression que je pourrais presque les tenir entre mes doigts.

Il y a là une dame et son chien, je ne le vois qu'à peine. Je le devine à la femme qui tient son bras tendu devant elle pour diriger la laisse. Un homme noue ses lacets, recroquevillé sur le trottoir, à moins qu'il ne mendie, assis sur le macadam glacé. Deux enfants courent après je ne sais quel rêve encore plausible. Tout le monde, là en bas, mène sa petite vie, plus ou moins mouvementée, plus ou moins normale. Je dois en faire partie. Certainement.

Une fenêtre s'ouvre au pied de l'immeuble d'en face. Une grosse femme tente d'étendre son linge, elle agite avec vigueur ce qui semble être un pantalon d'après la forme. Ses vêtements auront sûrement disparu d'ici à demain. Ou bien le tissu sera devenu aussi dur que de la glace.

C'est en levant les yeux vers le ciel que je réalise qu'aucun oiseau ne le traverse. L'horizon est grisâtre et aucune couleur ne nuance le blanc infini qui enserre la ville.

La bruine vient réveiller mes doigts sur leur socle d'acier. Je retire mes mains pour les essuyer sur mon peignoir.

Aide-moi à m'envoler, Trax.

Je relève ma manche gauche et plisse les yeux devant ce que je vois. Je ne m'étais pas trompée. Cinq cicatrices blanches, comme la Grande Ourse quadrillée sur mes veines. Une putain de toxico.

J'observe un début de chair de poule de la naissance de mon poignet jusqu'au coude, alors je baisse le rideau. Je tire sur ma manche et replie mes bras contre moi. J'aimerais rester là, à observer ce monde mis sur *PAUSE* pendant plusieurs jours au moins. Ici, les tentatives forcées pour me souvenir de tout et n'importe quoi s'effacent, et j'oublie délicieusement le peu de mémoire que j'ai assimilée. Elle reviendra plus tard. Sans aucun doute.

Envole-toi.

Ai-je eu l'idée… m'a-t-elle seulement effleuré l'esprit ? Ai-je pensé un jour à enjamber la rambarde ? Pourquoi alors ces foutues ailes sont-elles gravées dans mon dos ?

Qu'est-ce que je disais ? Foutu cerveau.

Le retour à la réalité me semble toujours aussi difficile. Mes pieds nus quittent le béton glacial et retrouvent le confort de la moquette molletonnée du salon.

Je sursaute en voyant Karter devant moi, étendu sur le divan. Je ne l'ai même pas remarqué, trop perdue dans mes pensées pour entendre quoi que ce soit. Il s'est allongé pour piquer un petit somme. Ses baskets rouges sont sagement posées près de la table. Jolies chaussettes bariolées. Mais pas d'odeur infâme cette fois. Merci bien.

Ce sol triple épaisseur est très silencieux. Pratique. J'atteins le couloir avec presque trop de facilité. Kay souffle bruyamment sans ronfler tout à fait. Ses bras tombent mollement le long de son corps, et ses doigts sont pris de légers spasmes inconscients. Je m'enfonce dans le couloir, sur la pointe des pieds, le plus discrètement possible.

3

Direction le fameux placard fermé à clé. Que peut-il contenir qui soit si important ? Et que je ne dois pas voir ? Karter ne m'a pas dit toute la vérité, rien que la vérité, dites je le jure. Je le sens.

Le couloir me paraît mesurer des kilomètres tant je progresse lentement sur ce sol mou. Les escaliers. La troisième marche gémit bruyamment sous mon poids et je grimace comme pour amoindrir le craquement. Nouvel étage, nouveau couloir trop long. Je dois me déplacer d'autant plus discrètement que Kay dort juste en dessous.

La porte est devant moi, blanche et massive, elle se dresse comme un véritable garde du corps, semblant prête à m'écraser au moindre geste. Je soupire, tentant de faire fuir toutes ces cordes qui nouent mon estomac. Et soudain… je remarque quelque chose.

Je frôle le bois avec mon index.

Je découvre des trous, pas plus larges que des têtes d'épingle. Ils sont placés sur deux lignes parallèles, espacés de quelques centimètres les uns des autres. J'appuie plus fort pour sentir les reliefs du bois abîmé, et l'aspérité qu'ils forment me confirme qu'ils sont bien réels. Très bien. Restons calme.

Ma main se pose sur la poignée, tourne. Elle est fermée. Forcément. Karter a dit que la clé était dans le tiroir de la table de chevet, près du lit. Nouveau soupir. Je longe les murs puis me retrouve dans la chambre. Le tiroir chuinte lorsque je le fais glisser vers moi. Quelque chose brille tout au fond.

Le reflet de la lumière sur le métal. Un crochet ! Un putain de…

La voilà. Une petite clé cuivrée. Qu'est-ce qu'elle fait là, cachée tout au fond d'un tiroir ? Je vais bientôt le savoir.

Me voilà devant la porte blanche trop large. J'introduis précautionneusement le petit bout de métal dans la serrure, tourne et prie pour que ce qui se trouvera sur les étagères ne m'explose pas en pleine figure.

Sauf qu'il n'y a pas d'étagères derrière la porte.

Ma main se colle à ma bouche pour l'empêcher de crier.

J'aurais dû y penser. Comment ai-je fait pour ne pas y penser ?

Devant moi, une fenêtre laisse passer un filet de lumière. Juste assez. Juste assez pour tout voir. Juste assez pour ne pas ignorer ce berceau qui trône, énorme, au milieu de la pièce.

C'était sa chambre. C'était SA chambre. Et je ne suis même pas foutue de m'étonner que Kay ne me l'ait pas montrée. Quelle pauvre idiote !

Les nœuds dans mon estomac se sont resserrés. Je tiens toujours la poignée entre mes doigts aux articulations blanchies. Il faut que j'entre. Il faut que je sache. Je n'ai pas pu oublier tout ça. Je n'ai pas pu L'oublier.

Le papier peint est bleu. Un bleu très clair. Une fresque s'étend, longeant le plafond, ornée de moutons qui sourient au vide qui règne. Je fais quelques pas, pénétrant dans cet univers fragile. Des peluches sont posées sur un sol impeccable. Une commode blanche aux grosses poignées rondes se tient là, encombrante et fière. Je m'avance vers elle, curieuse de son contenu qui m'apparaît sans surprise. Des vêtements, aussi minuscules les uns que les autres, sont minutieusement rangés et tentent de me rappeler une absence que je ne connais pas.

Dernière épreuve. C'est le berceau que ma main touche maintenant. Il bascule légèrement, silencieusement. Au-dessus, un mobile tangue discrètement, composé d'oiseaux. Des mouettes, il me semble. Elles battent des ailes, presque vivantes. Le froid est douloureux ici.

Mes yeux se posent enfin sur les draps blancs et fins qui l'auraient rassuré pendant son sommeil.

Ils ont été chiffonnés.

Une bosse déforme la couverture minuscule. J'enfonce ma main dans ce que je pense être un bout de tissu mal plié. Nouveau soubresaut pour mon ventre. Ce n'est pas la couverture. C'est sous le matelas. Je n'entends que ma respiration tremblante. Je ferme les yeux et glisse mes doigts sous la couche du berceau.

Et si c'était vivant…

Mes doigts rampent sous la couverture de laine, puis sous le matelas. Je prie juste pour que ces trucs ne me bouffent pas la main. Ma bouche se tord lorsque j'entre en contact avec eux. C'est dur. Inerte. Lisse. Mort.

Je retire six bouts de bois de couleurs vives. Des lettres. Les trous dans la porte, voilà d'où ils provenaient.

Un *o* vert, un *s* et un *m* rouges, un *t*, un *a*, et un *h* bleus.

Sainte merde.

— Que penses-tu de Nathan ?

Je sens à nouveau ses mains posées sur mon ventre, et son souffle sur ma nuque.

— Je pense que c'est pas mal.

— Mais ?

Je me revois sourire.

— Mais… Mais j'aimerais plus que tout au monde qu'il porte le prénom de mon frère. J'aimerais qu'il s'appelle…

Thomas. C'est comme cela que je voulais qu'il s'appelle. Thomas, comme mon frère…

La douleur se réveille à l'instant où mes genoux décident de se poser sur le sol, sans violence cette fois. Mes doigts pressent toujours mes lèvres, et je sens les larmes s'insinuer entre eux et s'écraser contre les lattes du parquet sombre.

— Thomas.

Une voix résonne dans mon dos.

— Princesse, je ne voulais pas…

— Kay… Viens.

Karter s'agenouille près de moi. Je ferme les yeux. Chaque bribe de souvenir me déchire. Chaque bout de mémoire pourrait me faire hurler. Aide-moi Kay, aide-moi… Il se penche alors vers moi et me prend dans ses bras. Il me serre fort, presque trop et, paradoxalement, la pression tout au fond de moi s'évapore. Je le serre à mon tour, enfouissant mon visage à l'intérieur de son cou. L'odeur de fleurs a disparu. Simplement sa peau contre moi, chaude et douce. Et mes larmes entre nous.

— Tout ira bien, princesse. Je suis là. Tout ira bien.

Il me berce d'avant en arrière. Doucement. Ma respiration redevient silencieuse et tout mon être se calme. Sa main contre ma nuque m'apaise.

Nos visages se frôlent comme deux papillons trop lents, cherchant à tâtons la même source de lumière. Alors nos lèvres s'effleurent. Je sens sa cicatrice au milieu, épaisse et dure. Et nos langues se touchent maladroitement, comme si c'était la toute première fois. Ça l'est, pour moi. Il le sait et prend son temps. Ses doigts courent sur ma nuque. Et j'ouvre les yeux. Je ne peux pas, pas ici… Pas maintenant.

— Kay.

— Oui, princesse.

— Partons d'ici.

Il recule légèrement et son visage me sourit. J'aimais cet homme. Mes doigts caressent son visage et nous nous redressons d'un même mouvement. J'essuie mes yeux humides du revers de la main et nous nous dirigeons vers le couloir.

J'entends déjà les pas de Karter dans les escaliers,

alors que je ferme la porte à double tour, une fois pour toutes. Je ne toucherai plus à cette clé. Plus jamais.

Lorsque je me retourne, je sens deux yeux ronds posés sur moi. Lillard. Le chat obèse m'observe attentivement, peut-être depuis plusieurs minutes. Son nez humide pointe vers moi à mesure que je m'approche de lui. Il tente de me reconnaître ainsi, et cela semble fonctionner. Il émet un miaulement doublé d'un ronronnement lorsque je viens m'asseoir sur le lit. Il me rejoint lourdement et monte avec peine sur le drap carmin.

Ses pattes arrière sont vraiment amochées et je suis prête à parier que ce n'est pas une voiture qui les a mises dans cet état-là.

Il s'est arrêté sur mes cuisses qu'il pétrit avec ardeur, enfonçant légèrement ses griffes à travers mon peignoir. La douleur est infime. Mais les sentiments des animaux sont toujours sincères, alors je le laisse faire. Tant bien que mal, car il entretient tout de même mes blessures.

Je profite de cet élan d'affection pour laisser mes doigts s'attarder sur ses membres postérieurs. Ses os semblent être brisés en mille morceaux sous la peau, plus fine à cet endroit. Chaque pression de ma main le pousse à gémir faiblement. Mais il reste là, ronronne de plus belle et pose sa grosse tête sur ma poitrine, cherchant la moindre source de chaleur. Je crois qu'on est tous les deux dans le même panier, Wild Bill. Je crois que…

— Princesse !

La voix de Karter résonne depuis le salon. Lillard est

devenu silencieux, son nez humide pointé vers la porte, aux aguets. Que se passe-t-il encore ?

— Emma ! Descends, s'il te plaît.

Sa voix est ferme et forte. Lillard est descendu du lit et il se dirige vers le couloir.

— J'arrive !

Je soupire longuement et me lève à mon tour. L'escalier craque sous mes pieds lorsque je rejoins enfin Karter.

— J'ai tout préparé.

Il me regarde, un sourire fier flanqué sur son visage fin. Il essuie ses mains qu'il vient de nettoyer avec une petite serviette blanche et d'un geste de la tête, il m'indique la table basse. Compresses, pommade, sérum physiologique. Mèches.

— Qu'est-ce que tu comptes faire, Kay ?

— Il faut changer ton… enfin tes…

— Tu comptes faire ça toi-même ?

— Qui d'autre, princesse ? J'ai bien regardé tous les gestes de l'infirmière, ce n'est pas si difficile. Tout est cicatrisé maintenant, tu ne risques rien.

Il semble repérer l'expression perplexe de mon visage. Il mime mon air dubitatif et reprend :

— Emma. Tu ne m'as jamais demandé quel métier j'exerçais. Eh bien, comme tu me vois, je suis préparateur en pharmacie. Évidemment je ne suis pas chirurgien, d'accord. Mais tout de même, j'ai quelques notions…

Ses mots se perdent sous mes traits qui se tordent plus encore.

— S'il te plaît princesse, pour une fois, fais-moi confiance.

Sa main gauche s'étend sur la serviette qu'il a soigneusement disposée sur le sofa. Il me tend l'autre que je prends enfin après quelques secondes d'hésitation. Alors je m'allonge et écarte pudiquement le peignoir. Juste pour qu'il ne travaille pas en aveugle. J'allume la télévision d'un frôlement sur la télécommande. Juste pour dissiper le silence. Juste pour moins sentir la douleur. Et la honte.

Des femmes trop ridées fument le cigare et une fumée brune s'échappe de leurs lèvres presque invisibles.

Il retire délicatement la mèche. Lentement. Chaque fibre de coton effleure l'intérieur de mon corps.

Des femmes birmanes. Elles lavent leur corps doré dans des sources naturelles d'eau chaude.

Le sérum coule, glacial. L'enveloppe autour de la compresse se déchire. Il m'éponge. Minutieusement.

Les vieilles femmes birmanes coiffent leurs longs cheveux de jais avec de grands peignes d'ivoire. Leurs cheveux ne blanchissent pas.

La seconde mèche me pénètre, lubrifiée de pommade, fraîche, propre et toujours étrangère.

Leurs cheveux ne blanchissent pas.

De nouveau le liquide glacial.

Leurs cheveux ne…

— C'est terminé princesse, dit-il en rabattant le peignoir sur mes cuisses. J'espère ne pas t'avoir fait trop mal.

— Non, Kay. Merci, je… je vais jeter tout ça.

La compresse souillée et la mèche sont près de mon corps. Un caillot de sang, sec et brun, apparaît sur le coton. Tout s'arrêtera un jour.

— C'est bientôt fini Em'.

— Pardon ?

— Les pansements. Tu n'auras bientôt plus à en mettre. C'est un point de suture sur la mèche. Ils commencent à se résorber. C'est bientôt fini.

— Comment est-ce que… Combien y a-t-il de points ?

— Douze au total, répartis un peu partout sur la paroi vaginale. Pour qu'il n'y ait aucun risque. Enfin comme je te l'ai dit, je ne suis pas médecin. Je ne sais pas comment ils t'ont opérée. Et ne me demande pas de détails.

Aucun risque là-dessus Kay. Je hausse les sourcils.

— Pardon princesse, je parle trop. Je suis tellement heureux que tu sois là…

CELLULE DE CRISE

1

Dix jours ont passé. Dix longues journées dans cette prison tout confort à aller et venir, du salon à la cuisine, de la cuisine à la chambre, de la chambre au salon.

Karter a veillé sur moi, à m'en étouffer. Mes pauses se sont résumées à ses siestes quotidiennes, moments de répit bien trop courts que j'ai rapidement associés à sa respiration trop forte. Je tente d'échapper à ses yeux quelques minutes de plus par jour, cumulant les bains trop chauds et les sorties sur le balcon. Ce balcon qui est comme une cage, comme une promesse de liberté jamais accordée. Même notre nourriture, Karter la fait livrer. Ma langue ne supportera bientôt plus l'arôme tomate des pizzas. Il prête attention à chacun de mes mouvements, caméra silencieuse braquée sur moi. Comme s'il surveillait un bébé dans son parc. Je ne suis plus une enfant… J'ai perdu celui que je portais. Je me piquais… Peut-être veut-il me remodeler à une autre image, plus propre, plus saine. En attendant, je n'apprends rien du monde ici, la télévision reste mon seul lien.

Mais aujourd'hui est différent. Karter reprend son travail en pharmacie. Ils lui ont accordé trois semaines pour remonter la pente. Pour accepter d'avoir perdu son fils. Pour accepter de vivre avec cette femme qui ne le reconnaît pas. Vingt et un jours pour accepter. Pas un de plus.

Je regarde le visage de l'homme aux baskets rouges qui n'observe que ses pieds. La journée qui vient n'a pas franchement l'air de l'enchanter. Ses lèvres se sont resserrées dans une moue absurde, cachant presque l'excédent de peau rosée sur sa cicatrice.

Je serai seule. Enfin seule. Caméra *OFF*. Mon ventre se tord à cette idée, peut-être de peur, peut-être de joie… certainement un peu des deux. Je feins le calme. L'écran plasma est une aide précieuse et je suis nerveusement toutes les boîtes à rire qui s'offrent à moi. Je suis et je relance. Mes doigts s'acharnent discrètement sur la télécommande. Et Kay se lève.

J'entends l'eau s'écraser lourdement sur l'émail du lavabo lorsqu'il tourne les robinets. L'ongle de mon pouce gauche sert de support à mes dents pressées.

Et les robinets s'arrêtent. Ses pieds font murmurer le sol à mesure qu'il se rapproche. Puis il se tient là, debout, devant moi. Ses grands yeux gris me fixent. Ses cheveux, qu'il a coiffés légèrement en arrière, dégagent complètement son visage. Seules deux mèches retombent négligemment jusque sur ses joues. Il gratte l'arrière de sa nuque et grimace. Il paraît presque plus anxieux que moi. Son souffle est rapide. Ses mouvements sont rapides. Ses mots aussi. Je n'en comprends que la moitié. Il m'ordonne de l'appeler à la moindre hésitation. Il me jure qu'il rentrera tôt. Il a laissé le numéro de son portable sur le frigo. Je peux l'appeler à n'importe quel moment. Et de prendre soin de moi aussi. Qu'il n'est pas loin, qu'il rentrera très tôt. Calme-toi. Tu l'as déjà dit tout ça, Kay…

— Promets-moi que tu ne bougeras pas d'ici Emma.

— Ne t'inquiète pas, je vais dormir un peu.

— Repose-toi, je serai là vers seize heures. Si tu t'ennuies, ton bureau est rempli de livres, ce serait moins abrutissant que cette télévision.

— Je verrai, merci Kay. Ne t'en fais pas, tout ira bien.

Ses yeux gris m'enveloppent tout entière. Il s'approche et dépose un baiser sur mon front. Je serre sa main une dernière fois avant qu'il ne la retire. Elle est toujours douce et chaude.

Je vais être toute seule.

Vraiment toute seule.

2

Karter est sorti. J'ai regardé les portes de l'ascenseur se fermer sur lui à travers le judas. Il n'y a plus que moi ici, et la tension est montée d'un cran. Le sang semble plus épais dans mes veines. La télévision a perdu tout son intérêt en moins d'un dixième de seconde. Kay a sans doute raison, lire me fera le plus grand bien. Un peu de rangement aussi…

Et me revoilà dans le couloir aux multiples découvertes.

Chouette.

Programme du jour : recherches approfondies dans l'atelier. Il y a trop de documents dans cette pièce pour ne rien apprendre de ma vie. Kay n'a pas vraiment tenté de raviver ma mémoire. Depuis que je lui ai parlé de Trax, en fait. Ça l'a profondément refroidi. Fort heureusement, je ne lui ai pas dévoilé la nature de ce premier souvenir concret, je doute que lui parler de seringue plantée dans mon bras soit le meilleur sujet à aborder. Par simple vérification, je remonte la manche du gros pull-over que je porte. La Grande Ourse est toujours là, les cinq cicatrices au creux de mon bras.

Elles ont l'air si anciennes… mais peut-être ai-je la cicatrisation facile. Si seulement je pouvais savoir… Qui étais-tu, Trax ? Qui étais-tu, « faiseur de rêves » ?

Seconde porte à droite. Allons-y.

La poignée de métal est dans ma main depuis plus d'une minute maintenant. Mes doigts peureusement humides glissent et la porte s'ouvre. Ô merveille des merveilles, la pièce n'a pas changé. À la réflexion, il y a peut-être moins de papiers éparpillés sur le bureau. L'ordinateur est toujours éteint, et l'écran est recouvert d'une fine couche de poussière attirée par l'électricité statique. Si Kay est entré ici, il ne s'en est pas servi, c'est déjà ça. Les livres non plus ne semblent pas avoir été touchés. Un bordel tellement organisé que cela en est artistique. Les montagnes d'œuvres sont équilibrées, un gros roman pour deux petits recueils. Les couvertures servent de cales. Acrobatique. Je devais réellement aimer ces bouquins.

Je m'avance vers le bureau où quelques feuilles sont étalées. Blanches pour la plupart. Je suis persuadée qu'elles ne l'étaient pas la première fois que j'ai vu cette pièce. J'en mettrais ma main à couper. Peut-être Karter ne veut-il pas que je découvre autre chose qui puisse me faire souffrir à nouveau. La chambre de Thomas a largement suffi.

Les pages qui ne sont pas vierges sont des factures d'électricité, de téléphone. Il y a là un prospectus pour une entreprise de vente par correspondance. Des appareils ménagers. Pas étonnant que j'abrite une usine de test, je suis un *téléachat* à moi toute seule.

Les tiroirs sont quasiment vides, abritant simplement une agrafeuse et quelques stylos pour l'un, une chemise rouge contenant plusieurs dossiers pour l'autre. Je la pose devant moi et détache les élastiques qui l'enserrent. Une brochure sur les maladies communes des animaux domestiques. Une brochure conséquente remplie de termes techniques, accompagnée d'une lettre dactylographiée dont l'en-tête est déchiré. Je l'ai pourtant aperçue, l'autre jour. Qu'est-ce que cela représentait déjà ? Qu'est-ce que c'était ?

La silhouette d'une tête de chien. C'est ça. C'est une lettre de remerciement concernant un chaton recueilli il y a deux ans, signée de la main de la direction. Lillard, sans doute. Mais pourquoi a-t-on arraché cet en-tête ? Il y a plein de feuilles blanches sur le bureau, pourquoi avoir précisément retiré cette partie-là ?

Je décide de mettre l'ordinateur en marche. Il s'exécute en ronronnant docilement. J'allume également l'écran. Un adorable eurasier sable de quelques mois trône sur ma page d'accueil. J'essaie de sélectionner un dossier, un sablier apparaît, tourne sans fin, puis disparaît. Rien. Je réitère ma tentative. Nouveau sablier. Une fenêtre grise s'ouvre alors, me demandant un nom et code d'utilisateur. Voilà la raison pour laquelle Karter n'a pas touché à l'ordinateur. Il ne le pouvait pas. Il ne connaît pas les codes demandés. Et, au final, moi non plus. Putain de neurones… Je ferme les yeux, me concentrant pour trouver ce code. Mais les chiffres se mélangent dans ma tête… Si toutefois ce ne sont pas des lettres. Je suis bien avancée.

Lorsque mes yeux s'ouvrent à nouveau, c'est pour

tomber sur cet écran de veille. Dancing Baby. Je n'aurais pas pu trouver mieux. J'appuie sur une touche au hasard pour éviter de regarder les mouvements saccadés de cette créature en couche-culotte.

Mes yeux s'évadent une dernière fois dans la pièce pour trouver ce fichu code.

Plusieurs taches sur la moquette, étalées à divers endroits. Du café, sans nul doute. J'étais vraiment quelqu'un de très maladroit.

Le blanc des murs semble poussiéreux, comme si le ménage n'avait pas été fait depuis longtemps par ici.

La buée commence à remplir chaque carreau de la fenêtre, brouillant peu à peu l'univers extérieur.

Et de nouveau, cette bibliothèque. Avec ses centaines d'œuvres. Pourtant…

Un tas de livres différents des autres. Ils ont été rangés à l'envers, la tranche vers le mur. Tout à fait impossible d'expliquer pourquoi, mais la disposition me gêne. Tourner le titre d'un bouquin vers un mur est complètement idiot. Je me lève et déplace le tas de livres. Peut-être que je me trompe, mais…

Une boîte.

3

Une petite boîte carrée, recouverte d'un velours rouge si usé qu'il laisse apparaître un fragment de métal sur le battant. Je soulève ce battant et une mélodie en sort, qui frappe mes neurones presque immédiatement.

Somewhere over the rainbow
Bluebirds fly.
Birds fly over the rainbow.
Why, oh why can't I ?

J'ai dû entendre cette musique des milliers de fois, elle est là, bien ancrée dans ma mémoire, sans rapport avec rien, juste présente au milieu du désert de synapses qu'est ma tête. J'ai déclenché un mécanisme qui permet à une miniballerine d'exercer ses talents. Elle danse, empalée, reflétée par le miroir sous elle, sans fatigue, sans essoufflement.

Mes doigts caressent le velours, le métal, de nouveau le velours.

Est-ce qu'il y a quelque chose à voir ? Je n'arrive pas à savoir. Je ferme la boîte et la retourne pour rechercher une quelconque inscription. Rien. Mais quelque chose semble avoir bougé à l'intérieur. Bruit si léger, presque imperceptible. J'ouvre une nouvelle fois l'objet, et la musique redémarre de plus belle. Je le secoue doucement et perçois un léger bruissement contre le métal. Je serre la danseuse de porcelaine entre mes doigts et tire vers le haut, transformant la douce comptine en un son ralenti et informe. Je me disais bien que l'atelier découvertes porterait ses fruits. Le miroir se détache sans aucun problème de son socle et dévoile un double fond. Chaque boîte à musique d'enfant a son double fond secret… Il y a bien une feuille de papier au fond, tellement pliée, tellement chiffonnée que n'importe quelle inscription serait effacée. Faux.

Franck
142 Roitelets

142 Roitelets. Qu'est-ce que c'est ? Un code ? Une adresse. 142, avenue des Roitelets, il me semble que c'est ça. Mais Franck ? Encore un nouveau visage dont je devrais me souvenir… sûrement.

Le bout de papier doit être caché là depuis un sacré bout de temps, l'encre est livide. Il y a toute la place qu'il faut dans mes neurones libres pour graver cette information, je déchire donc le papier et entrouvre la fenêtre pour en jeter les morceaux. L'air frais glace mon souffle et le rend plus vivant, comme toujours. Cet appartement est mon caisson d'isolement, qui me rend moins vivace, jour après jour. Pour ajouter à mon étouffement, un flocon de neige vient embrasser délicatement la vitre, me nargue et glisse lentement dans le froid jusqu'au bois marquant la limite des carreaux. *Ho ! Ho ! Ho !*

Noël approche de plus en plus. Les guirlandes se multiplient autour des réverbères, et les faux Pères Noël sont passés aux trente-cinq heures. Ces individus me mettent mal à l'aise avec leur fausse barbe crade et leurs lunettes sans verre. Ils font l'aumône, rouges mendiants, clones que l'on retrouve à chaque coin de rue, quémandant de leur voix doucereuse un argent dont leurs mains sales ne sauront que faire hormis alcooliser leur grosse bedaine. Et comme pour marquer le contraste, les bonnets bourgeonnent sur les têtes des enfants. Seules lumières au tableau, courant sur le macadam, ils attendent l'arrivée imminente des flocons vierges qui leur permettront d'essayer leur nouvelle luge.

Je me demande encore pourquoi aucun sapin n'a pris place dans cette maison. Peut-être n'a-t-on pas eu le temps de le préparer, ce qui, compte tenu des derniers événements, serait plus que crédible. Plus étonnant, je pense n'avoir aperçu aucune décoration dans l'appartement, mais il est possible que j'aie mal observé. Kay m'évite peut-être aussi de découvrir cheveux d'ange et autres boules en plastique. Qui sait, je pourrais me couper en brisant l'une d'elles ou bien me pendre avec une guirlande argentée… Rien n'est moins sûr. Cela a le mérite de me faire sourire, c'est l'essentiel.

— *C'est à moi d'accrocher l'étoile !*

Tom crie près de moi et sautille pour tenter d'attraper l'objet argenté que je tiens à bout de bras.

— D'accord, d'accord.

Je le soulève difficilement jusqu'au sommet du sapin. Il ne pèse que quelques kilos de moins que moi. Là, il dispose triomphalement la décoration brillante. Elle est légèrement de travers, mais je ne la redresse pas. C'est son œuvre. Il faudrait tout recommencer.

4

Cela ne fait pas loin d'une demi-heure que Karter est sorti maintenant. Il faut que je sache à quoi correspond cette adresse, ça ne peut pas attendre. Alors, malgré mes promesses, j'enfile ma longue veste noire posée sur un portemanteau trop haut, et trouve une paire de petites chaussures qui feront bien l'affaire si elles ne me déchirent pas les pieds. Une écharpe, et je suis enfin prête.

Je vais affronter le monde extérieur, seule qui plus est. Je crève de trouille. Ma cage thoracique emprisonne mon souffle anxieux. La clé est enfoncée dans la serrure. Il me faut faire vite pour que Karter ne se doute pas de cette sortie surprise.

L'ascenseur m'attend, passage obligé vers la liberté. Ma peur me permet de percevoir chaque grincement dans les câbles d'acier. Mon doigt appuie sur le bouton qui me mènera au rez-de-chaussée, et je me rends compte que mes mains sont glacées, aussi froides que l'intérieur de mon estomac, lequel tente visiblement de m'empêcher de partir à tout prix. Pourvu qu'il ne me lâche pas maintenant, je ne tiens absolument pas à retapisser les murs de vomi nauséabond. Vraiment pas. Face à moi se trouve un nouveau traître, foutu miroir qui ne me reflète que trop bien, moi, mon visage et ses cicatrices. Même celles que l'œil d'autrui ne pourrait discerner, mon regard les voit, elles sont bel et bien présentes. Emma, tu as décidément une sale gueule en ce moment. La blessure sur ma lèvre s'est affinée et a blanchi. Mon arcade est redevenue vierge, comme si on ne l'avait jamais frappée. En revanche, la cicatrice marquée par les points sur ma pommette est encore visible. Mais plus d'hématomes, la couleur de ma peau est redevenue à peu près unie, excepté le peu de rouge qui teinte mes joues. Le froid, certainement.

Tout à coup, la grille s'ouvre dans mon dos et me fait sursauter. La fraîcheur du hall me saisit. Il est petit et impeccable, le carrelage est encore humide d'un détergent citronné. La porte battante est toujours brisée, ce qui provoque un courant d'air dans toute la pièce. Mes doigts, engourdis par le froid, viennent se réfugier dans mes poches molletonnées. Le vent glacial commence à attaquer le bout de mon nez. Je le cache dans mon écharpe et entame finalement ma course.

Le monde extérieur. Il apparaît, enfin réel. J'ai cru un moment que je n'y reposerais jamais les pieds. Il n'était qu'une image sur l'écran que formait mon balcon, impossible à atteindre. Mais il est bien là, le froid a pris mes jambes et le macadam claque sous mes chaussures de ville. La foule est proche, j'entends parler les gens autour de moi, presque murmurer même, et la peur ne me tenaille pas autant que je l'aurais pensé. S'ils ne me bousculent pas, tout ira pour le mieux.

Ma main droite a trouvé quelques pièces de monnaie pour passer le temps. Et désormais, il faut que je trouve une avenue dans une ville que je ne reconnais pas. Pour l'instant, j'avance, je marche sans savoir vers où me diriger, légèrement enivrée par la découverte de la liberté. Les cris des enfants me réchauffent. Plutôt difficile à concevoir, mais leur présence me rassure terriblement. J'ai longé trois rues et en ai traversé deux, je dois être totalement perdue.

— Mademoiselle ?

C'est à moi qu'on parle ?

— Mademoiselle ?

— Oui ?

Merde. Un Père Noël. Pas étonnant, j'en ai déjà croisé au moins une bonne demi-douzaine depuis que je suis sortie.

— Excusez-moi mademoiselle, je suis là pour venir en aide à l'orphelinat…

Je sors l'une des pièces de ma poche droite et lui donne sans même regarder sa valeur. Son costume rouge est aussi usé que la boîte à musique que j'ai trouvée. Tout en bas de son pantalon, les doublures blanches ont l'air humides, mais il est propre. La main qu'il tend est parfaitement manucurée. Je n'ai pas écouté le nom de l'orphelinat qu'il tient à représenter, je ne l'ai même pas entendu parler à vrai dire. Il me terrifie, il n'a rien d'un monstre mais sa tenue a paralysé mes mots. Je lui tourne le dos et accélère le pas, je l'entends qui m'appelle encore, mais je ne veux pas lui parler. Je voudrais sortir de cette rue, de ce quartier, de cette ville. Je voudrais être en été. Voir des sourires colorés sur le visage des gens moins pressés, regarder des programmes ennuyeux à la télévision, recommencer ma vie, réapprendre, sans ces foutus traumatismes qui me détruisent sans que j'en connaisse les raisons. Et ne plus voir ces Pères Noël longer les immeubles.

J'ai perdu le fil. Je me suis égarée dans un dédale de trottoirs sans fin. Je regarde autour de moi, il n'y a aucun autre individu vêtu de rouge à l'horizon pour l'instant. Tout va bien. Chaque rue me dit vaguement quelque chose, mais je ne remets pas. Chaque carrefour, chaque enseigne, je connais tout cela, mais impossible de me souvenir de quoi que ce soit, même du chemin qui d'ici me conduit à mon appartement.

J'aperçois face à moi une vieille femme, recroquevillée sur elle-même par le froid ou par l'humeur. Elle avance rapidement, réchauffant ses mains dans les poils d'un yorkshire qui paraît plus petit encore que la normale. Aucun sourire ne semble avoir jamais éclairé son visage, et ses rides appuient son air renfrogné. Je décide de m'approcher et de l'interroger tout de même sur cette avenue des Roitelets. Sa voix éraillée me répond : « Première à gauche, seconde à droite et de nouveau première à gauche. » Chef, oui, Chef. Puis, en vrai robot de métal rouillé, elle repart sans demander son reste, et j'entends presque ses rouages grincer lorsqu'elle tourne au coin de la rue.

Je suis lentement ses indications, chemin qui me semble durer des heures. Les avenues sont longues et sans fin sous mes petites chaussures de ville. Première à gauche, il y a là deux chanteurs de rue qui jouent Noël à leur façon, je leur lance un sourire et continue ma route. Deuxième à droite, deux petites filles sautent à la corde devant une boulangerie qui vend une misère la douzaine de pains au chocolat. Une nouvelle fois, première à gauche. L'avenue est totalement déserte. Pas un chat. Seul un vélo noir, accroché à un réverbère, anime l'horizon grâce à la carte coincée entre ses rayons qui émet un léger claquement à chaque tour de roue. As de trèfle.

C'est une large avenue sans autre magasin qu'une vieille boutique pleine de vieux vêtements pour de vieux gens. Rien d'autre. Je suis au numéro 83. Je longe la rue en sens inverse pour trouver la bonne adresse. Chaque bâtisse est un palace à voir le temps que je mets à parvenir au bon endroit. Numéro 142, avenue des Roitelets, m'y voilà. Une petite maison de pierre grise, rien d'extraordinaire. Un vitrail abstrait et affreusement sale orne la porte d'entrée en bois. Le nom doit être complet sur la sonnette, forcément. Je m'avance pour le constater de plus près, et effectivement, il est complet. Mais également différent de celui qui était noté sur le papier dont les morceaux doivent désormais voleter à travers toute la ville.

Marie DALTREY

Le vent souffle si fort. Ma nervosité est à son apogée et me permet de ressentir son attaque de plus en plus glaciale sur moi. Il s'est faufilé à travers la laine de mon écharpe, pourtant épaisse, et il colle à ma peau telle une couverture de glace serrée autour de mon corps. J'ai de la peine à sentir le sang circuler au bout de mes doigts qui doivent certainement prolonger leur étreinte sur le métal contenu dans mes poches.

Tout ce chemin pour rien. Une fausse piste pour un

nouveau nom, qui me semble encore une fois tout à fait inconnu. Le nom est inscrit à la main d'une écriture noire et tremblante sur du papier blanc. Je connais cette maison, la poignée de la porte est souvent venue caresser ma main, et les marches du perron ont accueilli mes fesses un bon nombre de fois. Je sais la vue offerte lorsqu'on est assis là, le dos appuyé contre le bois massif. J'ai même fumé ici. Je fumais. Voilà l'information du jour. En parlant de ça, je pense qu'une petite bouffée ne serait pas de trop. Mais je n'ai pas le temps, et aucune cigarette dans les poches.

Devrais-je sonner ? Cette fameuse Marie pourrait-elle me venir en aide ? Avant même que je ne décide de chercher une réponse à ces questions, la porte s'ouvre sur une dame âgée vêtue d'une robe de chambre polaire bleue. Une de plus. J'ai gagné ma journée. Celle-ci, au moins, a le sourire. Grand changement. Je le lui rends dans l'instant.

— Mademoiselle, je peux vous aider ?

— Oh ! Madame, je…

— Cela fait plusieurs minutes que je vous vois tourner autour de la maison, je me demandais si je pouvais faire quelque chose pour vous. Je vois que vous ne portez rien, ni valises ni encyclopédies, donc vous n'êtes pas là pour me vendre quoi que ce soit. Alors dites-moi tout.

Quelle pipelette ! Vu sa tenue, mon petit doigt me dit qu'elle ne doit pas recevoir beaucoup de monde. Je me lance et décide que je n'ai rien à perdre à lui poser quelques questions. De plus, j'occuperai utilement son temps.

— Vous allez peut-être me prendre pour une folle mais j'aimerais vous demander si le prénom Franck a un lien avec cette maison. J'ai retrouvé un bout de page blanche avec ce prénom et cette adresse et…

— Franck ? Bien sûr, il habitait ici avant. Cela fait quelques années maintenant. C'est lui qui m'a fait visiter son appartement, il souhaitait déménager en dehors de la ville, les bruits le dérangeaient la nuit, paraît-il. Il m'a même invitée à prendre un café avant que j'emménage, pour m'imprégner des lieux, ce sont ses propres paroles. Je ne suis restée qu'une petite heure, il m'a semblé si seul. On aurait dit qu'il vivait sur une autre planète, si étrange. Quel était son nom au juste ? Kazan, Franck Kazan, c'est cela. Et ses yeux… Ils étaient si tristes…

— Kazan ?

Apparemment, il n'y a pas que sa mémoire qui est intacte, ses muscles le sont aussi. Elle me rattrape juste à temps pour que je ne dévale pas les trois marches du perron à reculons. Son étreinte est forte autour de mon bras, elle a sûrement élevé plusieurs enfants qui n'ont pas l'air de venir la voir très souvent.

Mon père vivait là. À deux pas de chez moi, sans que pendant des années je vienne lui rendre visite, pas une fois. Méritait-il vraiment mon absence durant toute cette période ? Personne ne mérite ça. Qu'a-t-il bien pu faire pour que je lui en veuille autant ?

— Que vous arrive-t-il ma belle ? Vous connaissiez cet homme ? Un ami proche ?

— Si on veut, oui. Puis-je me permettre de vous demander si vous êtes toujours en contact avec M. Kazan ?

— Aucune nouvelle, malheureusement. Mais il m'a laissé… attendez-moi, ne bougez pas.

Tu ne risques rien ma vieille. À moins que mes jambes ne flanchent, je reste. Elle se retourne. Son gros postérieur moulé dans sa robe de chambre épaisse se dandine de gauche à droite sur quelques mètres puis disparaît à l'angle du couloir. Affligé d'un grand sourire qui le fend en deux, son visage réapparaît. Il me semble parfaitement impossible que ce soit de vraies dents. Devant cette grimace, elle agite un bout de papier, victorieuse. Puis elle active vainement le pas pour revenir enfin devant moi.

— Voilà, sa nouvelle adresse est notée sur cette feuille. S'il n'en a pas changé depuis, ça devrait être la bonne.

Elle me tend une page jaunie pliée en deux, les années n'ont fait que colorer très légèrement l'encre. Une belle écriture, droite et grande.

— Je vous remercie beaucoup madame Daltrey, votre aide m'aura été précieuse.

— Je vous en prie, mademoiselle. Et si l'envie vous prend de repasser dans le coin, n'hésitez pas à frapper à ma porte, nous boirons un café ou peut-être un petit verre de cognac, qui sait ?

Sourire carnassier.

— Pourquoi pas, je reviendrai vous voir, madame. Je dois vous quitter, le temps me presse, je vous dis à bientôt. Merci encore !

Sa main serre à nouveau mon bras, plus fort cette fois.

— Prenez bien soin de vous mon petit.

Son étreinte se relâche, non sans peine.

— Au revoir.

— Au revoir ma belle.

On t'a trouvée, ma belle.

5

L'avenue est aussi déserte qu'à mon arrivée. Le vélo est toujours là, l'as de trèfle coincé entre les tiges de métal, claquant inexorablement au vent.

Je pensais me libérer d'un poids en venant ici, je n'ai fait que l'alourdir. Plus ma mémoire s'exerce, plus elle a besoin de matière. Des bouts de puzzle tentent de se coller à l'intérieur de ma tête, sans succès pour l'instant. J'essaie tant bien que mal d'attribuer un rôle et une vie à chacun des personnages que j'ai pu croiser, mais cela ne m'aide pas. Le docteur Dakt et ses petites lunettes, aussi agréable qu'une glace en hiver. Jade, l'infirmière soumise et maternelle. Lukas Biaggi, le flic véreux. Trax le tatoueur, et potentiellement fournisseur d'autres aiguilles. Marie Daltrey, la vieille dame en manque d'affection à la mémoire plus vive qu'un Pentium quatre. Et Karter Reppe, mon trop protecteur Karter qui…

KARTER !

Je l'avais totalement oublié celui-là ! Il est plus de quinze heures trente. Je vais me faire abattre sur-le-champ s'il apprend que je suis venue jusqu'ici sans téléphone, seule avec mes pieds et mes mains pour unique arme. Ou bien la peur va-t-elle l'abattre, lui, refroidi net par la terreur de ne plus me voir dans l'appartement ? Il songera que j'ai pris mon envol depuis le quinzième étage. Il ira constater que mon corps ne gît pas dans une mare de sang, démembré par une chute fatale de plusieurs mètres de hauteur. Il paniquera et appellera un autre de ces flics inutiles qui ne prendra même pas la peine de me chercher.

Trêve de pensées futiles, je me mets à courir. Comme je l'avais prévu, mes orteils commencent à se déchirer dans ces petites chaussures de ville vernies. Je dois oublier la douleur et avancer. Je ne peux plus me permettre de prendre mon temps. Je fais le chemin à l'envers, les enseignes se suivent parfaitement pour l'instant. Je prie pour que Kay n'arrive pas avant moi. Prier qui, je l'ignore. Mais j'espère. De toutes mes forces.

Les deux petites filles ont laissé tomber leur corde et jouent à sauter de dalle en dalle. Les chanteurs de rue se sont tus et discutent avec un passant. Les Pères Noël apparaissent et se multiplient au gré de ma course. C'est un véritable cauchemar… mais je me rapproche, je le sens.

À nouveau, je traverse plusieurs rues, à l'instinct. La place est tout près. Plus que quelques mètres et j'y serai.

La neige commence à former une légère couche blanche sur les trottoirs. Je ralentis, juste pour être sûre de ne pas me casser une jambe. Je perdrais tout alibi.

Je serai à l'heure. Il le faut. Je n'ai pas le choix. D'où

je suis, je peux apercevoir la place. Plus qu'une cinquantaine de mètres et tout rentrera dans l'ordre. Je soignerai discrètement les ampoules sous mes pieds et Kay n'y verra que du feu.

Quarante mètres. Deux mendiants à l'entrée de la rue, comme deux sphinx protégeant ce passage. Sauf que du lion, ils n'ont que l'odeur. Une boulangerie un peu plus loin, personne à l'intérieur.

Trente mètres. La couche de neige s'étoffe, mes pas ralentissent encore un peu. Les gens se recroquevillent pour ne pas effleurer le froid qui tombe en flocons sur leurs visages. Un chat blanc caché sous une voiture, lèche ses pattes sales et trempées. Un voile laiteux s'étend sur les ordures au pied des immeubles, la neige efface la saleté. Une illusion, simplement une illusion.

Vingt mètres. J'y suis presque. Plus personne. Les rues sont vides. Sauf…

Dix mètres. Une ruelle, à ma gauche. La neige n'est pas tombée dans ce boyau étroit et tortueux, protégé par un toit trop large. De gros sacs-poubelle verts en marquent l'entrée. Plus loin, deux hommes, qui semblent discuter. Leurs mains se touchent. Ce sont des sachets de plastique qu'ils échangent, pas des mots. Ils dealent. Tout près de chez moi. Presque en bas de mon immeuble.

Quinze heures cinquante. Je n'ai pas le temps. Pas assez de temps pour regarder. La curiosité est un vilain défaut, Emma. Ne l'oublie pas.

Mais je m'approche, mine de rien. Histoire de voir ce qu'ils font. Rien de plus. Promis. L'un des deux hommes est tourné et je ne peux observer que son dos ; il est grand, plutôt trapu, légèrement courbé en avant. L'autre est petit et maigre. Les traits de son visage sont creusés. Il se dandine de droite à gauche en tirant sur ses poches. Le client. Ils parlent tous les deux sans sourire et…

Merde.

Il m'a repérée. Ses traits se creusent plus encore et il indique ma présence au type de dos d'un geste du menton. Emma, dans quel pétrin tu t'es encore fourrée ?

Le type de dos doit demander à quoi je ressemble car son client me scrute de bas en haut et ses lèvres bougent. Je suis trop loin pour saisir le moindre mot. Ils savent que je suis là. Et je ne suis pas la bienvenue. Ça, pas besoin de mots pour le comprendre.

Si je me mets à courir, ils seront derrière moi. Et à tous les coups, je vais m'effondrer juste sous leur nez… directement dans la gueule du loup. Si je reste là, ils vont faire sauter tous les points sur ma figure, pas le moindre doute là-dessus.

J'opte pour une dernière solution. L'esquive lente. Ça peut marcher. Faire comme si je ne les avais pas vus. Mais vite, Em'. Vite. Décide-toi.

Je détourne la tête, et recommence à marcher. Plus que dix mètres. Presque rien. Quelques pas seulement, et je serai chez moi.

Soudain, un sifflement. Ne te retourne pas Em', surtout pas. Ils sont là, dans ton dos. Si tu leur lances un regard, c'est foutu. Tu pourras crier tant que tu veux, ils auront tout le temps nécessaire pour arranger ta petite gueule avant que quelqu'un ne te vienne en aide.

À nouveau, un sifflement. J'accélère le pas.

— Emma ? Emma Kazan ?

Le froid griffe mon échine. Il connaît mon nom. Mais comment ? C'est impossible. À moins que… À moins que je ne le connaisse moi aussi. Trax. Le seul putain de dealer que je connaisse, c'est lui… Trax Wardeo. Choisis une solution, Em'. Soit tu te retournes. Soit tu fuis.

— Emma ?

Mes yeux se plissent et je grimace. Je sens sa voix plus proche. Il n'est qu'à quelques mètres de moi. Choisis, Em'.

Je me retourne, lentement. Et c'est un gémissement qui se dégage péniblement de ma gorge. Ce n'est pas Trax. La silhouette s'étend, énorme, au-dessus de moi. Ces deux petits yeux noirs plantés dans les miens comme des poignards. Et cette moue, ces lèvres tordues dans une mauvaise imitation du Parrain…

— Bonjour Emma.

Lukas Biaggi. Le flic au calepin quadrillé. Le flic au dessin obscène. Je sens mes jambes trembler sous le poids de mon corps. Je vais tomber. Je vais…

— Et si on allait boire un verre tous les deux, hein ?

Sa main s'approche de mon visage et caresse ma joue. Je sens sa force rien que dans ce geste.

— Qu'est-ce que tu en dis ma belle ?

Je t'ai trouvée, ma belle.

J'ai envie de vomir. Je vais répandre mon repas là, par terre, dans la neige. La peur saccade chaque mouvement de mes doigts. Ma bouche est entrouverte, mon corps est totalement paralysé. Je vais crever debout.

— Non, tu en veux plus, c'est ça ? Tu en as toujours voulu plus, ma belle. Un baiser, c'est ça que tu veux…

Je vois son visage plonger vers le mien. Fuis Emma. Réveille-toi.

Sa bouche s'ouvre sur sa langue blanche et sèche.

Fuis. Maintenant !

Alors je me mets à courir, aussi vite que possible, jusqu'à ce que mes jambes deviennent douloureuses. Je cours, plus rien autour que le vent sur mon visage qui me gifle. Et son rire. Le rire de Biaggi, loin derrière, fort et gras. Comme le croque-mitaine prêt à me bouffer toute crue.

Je pénètre dans le hall à toutes jambes, je martèle le bouton de l'ascenseur jusqu'à ce qu'il s'ouvre enfin devant moi. Je sursaute en voyant mon double dans le miroir. Et derrière mon reflet, près de la porte brisée, Biaggi avance, lentement, comme un loup face à sa proie. Ses dents pointent sous ses lèvres trop fines. Je ne me retourne pas. Je continue à l'observer dans le miroir.

Ferme-toi, ferme-toi, ferme-toi, bon Dieu de porte à la con…

Il arrive, il est là. Dans un grincement brutal, le métal bouge et la porte commence à se fermer. Il est juste derrière moi, prêt à monter. Je ferme les yeux. De toutes mes forces. Les poings serrés, j'attends. J'attends que la bête me saute dessus. J'attends la douleur.

Mais rien ne se produit. Un claquement m'indique que l'ascenseur monte enfin. Derrière l'épaisseur d'acier, son rire porcin chatouille à nouveau mes tympans. Mon souffle tremble dans un gémissement. Reprends-toi, Emma. Ne t'évanouis pas, pas maintenant.

Lorsque le métal grince à nouveau, je suis au quinzième étage. Je me jette sur la porte en bois massif, juste en face. Je m'y prends à quatre fois avant de pouvoir enfoncer cette foutue clé dans cette maudite serrure. Et je ferme derrière moi. Je reste contre la porte quelques instants, les mains poussant le bois si fort que mes poignets me font mal, l'œil collé au judas. Juste pour voir s'il ne me suit pas. Mon cœur cogne à l'intérieur de ma poitrine. Alors j'entends les rouages de l'ascenseur se remettre en marche. Il redescend. Je suis foutue. Je suis foutue.

Mes cils battent contre le bois. Je ne peux pas décoller mon visage de cette porte. Le fer crie, comme un chat qu'on égorge, pendant ce qui semble durer des heures. Il s'approche. L'ascenseur va bientôt s'ouvrir. Sur son visage dégénéré.

Et le métal s'écarte. La silhouette brune s'avance rapidement face à mon œil invisible. Non. Non !

La poignée s'abaisse. Il pousse contre la porte. Deux fois. Trois fois. Sans succès. Il cogne de toutes ses forces.

— Qu'est-ce qui se passe ? Emma ? Emma, ouvre !

— Karter ?

Je tourne la clé dans l'autre sens et Kay apparaît, complètement paniqué.

— Qu'est-ce qui se passe, princesse ? Pourquoi portes-tu ces chaussures ?

Merde, les chaussures. Allons-y.

— Je… je voulais aller acheter des gâteaux à la boulangerie, et dans la ruelle… le… il y avait…

— Calme-toi Em'. Viens t'asseoir.

— Lukas Biaggi.

— Quoi, Lukas Biaggi ?

— Il était là, dans la ruelle. Ce n'est pas un flic. Il dealait, il était avec un de ses clients. Il m'a…

— Un dealer ? L'inspecteur Biaggi ? Tu es sûre que c'était bien lui ?

— Kay ! C'était Biaggi ! Il m'a suivie jusqu'ici ! Il voulait me…

De même qu'à l'hôpital, les traits de Kay se mettent à changer en quelques secondes. Ses lèvres se contractent, il rougit et ses poings se serrent.

— Il y a combien de temps ?

— Juste avant que tu arrives, il ne doit pas être très loin, Karter. Qu'est-ce que tu…

— Attends-moi.

— Kay !

— Ne bouge pas d'ici.

Il a claqué la porte derrière lui. Il va le tuer. S'il le trouve, Biaggi est mort.

Je m'enfonce dans le cuir du canapé et soupire longuement.

Je décolle délicatement la semelle en cuir fin de ma voûte plantaire qui souffre le martyre. Le contact de ma peau à vif avec l'air ambiant est loin d'être aussi agréable que je l'aurais pensé. Le fumet qui s'en dégage également.

Ma main s'égare machinalement sur le relief des touches de la télécommande et l'énorme écran m'offre une vue imprenable sur la vie des gens. Certains chantent, juste ou faux. D'autres pleurent, juste ou faux, d'autres rient, et là, encore une fois, impossible de deviner s'ils mentent ou non. Plus insolite, un homme teste sa virilité en s'enfermant dans un caisson rempli de nombreux reptiles. Un autre vante les mérites de la viande de cochon d'Inde assaisonnée de piment rouge et roulée dans la farine de blé. Un autre est monogame et « le vit très bien ».

Tout un programme.

L'exhibitionnisme est devenu priorité. Et pourtant, impossible de détacher mon regard de ces vies mises à nu.

Mais tout à coup, la porte d'entrée s'ouvre violemment jusqu'à heurter le mur opposé. Karter entre, le visage écarlate, la respiration courte. Il tousse et referme la porte derrière lui.

— Alors ? Tu l'as trouvé ?

— Non, princesse. Rien. J'ai fouillé partout, je suis allé dans la ruelle en face de la boulangerie comme tu me l'as dit, mais rien. Il s'est déjà tiré. Mais je vais le retrouver. Ne t'en fais pas, je te promets que je remettrai la main dessus.

— Je te crois.

Oh, oui, je te crois. Et si tu le retrouves, je suis persuadée qu'on pourra le suivre rien qu'à la longueur de ses tripes sur une bonne dizaine de mètres.

— Je reviens, je vais me laver les mains. J'ai dû pousser les poubelles qui encombraient le chemin dans cette connerie de ruelle.

— Essaie de te calmer, Kay. On n'est pas sûrs que ce soit lui l'agresseur.

Karter me lance un regard glacial, ses yeux gris me transpercent d'un coup, c'en est presque douloureux.

— Il a essayé de te faire du mal, non ? Tu veux que je laisse ce salopard s'en tirer comme ça ? Tu rigoles Em' !

Je ne réponds pas. Ses yeux restent fixés sur moi pendant quelques secondes. Il attend qu'un mot sorte de ma bouche. N'importe lequel. Pour se jeter dessus et le déchiqueter en petits morceaux. La moindre phrase et il me fera chialer comme une gamine. Alors je me tais, je regarde mes pieds qui pèlent en grimaçant, histoire de changer de sujet. Il souffle soudain entre ses dents et abandonne. Ses chaussettes raclent la moquette jusqu'au silence, sur le linoléum de la cuisine. Une nouvelle fois, j'entends le jet d'eau lourd embrasser l'émail et les tuyaux qui l'avalent bruyamment.

Je profite de son absence pour sortir le vieux papier jauni de ma poche.

Franck Kazan

27, rue Basse-de-l'Église

Encore merci pour notre discussion, rares sont les personnes qui écoutent, et vous en faites partie, à bientôt Marie, je l'espère du fond du cœur…

Franck.

Poli, très poli. Et sincère avec ça. Je m'interroge vraiment sur ce qui a pu nous séparer… M'a-t-il abandonnée pour ne plus se préoccuper que de sa vie ? Était-il alcoolique ? Frappait-il ma mère ? Ou conduisait-il lors de l'accident qui a tué mon frère ? Impossible à deviner, et pourtant, j'aime à rester sur cette dernière hypothèse. Conduisait-il si vite qu'il n'a pas vu arriver le camion en face de lui ? A-t-il voulu changer la face de la cassette qui tournait dans son vieil autoradio ? L'a-t-il éduqué pour qu'il oublie machinalement de mettre sa ceinture, excepté devant les forces de l'ordre ? Je lui en veux pour un souvenir qui ne me revient pas…

Rue Basse-de-l'Église, ce doit être hors du centre-ville. Il va falloir que je trouve une solution autre que la force de mes orteils. Le bus pourrait bien faire l'affaire s'il peut me conduire jusque-là, ou bien je ferai du stop. Si toutefois cette rue ne se trouve pas dans une autre région. Pourquoi ne pas chercher d'abord son numéro dans l'annuaire ?

De nouveau, j'entends des chaussettes raser la moquette du couloir. Il revient. Je glisse le bout de papier aussi vite que mes bras me le permettent dans la poche arrière de mon pantalon. Il ne s'aperçoit de rien. Il est aveugle, je pourrais sauter par le balcon sans même qu'il s'en aperçoive. Mais non, mais non…

Ses mains sont propres comme un sou neuf. Presque à vif, mais impeccables. Son regard gris a retrouvé sa douceur, ses cheveux tombent en mèches épaisses sur son front légèrement humide. Il s'est rafraîchi le visage, l'eau froide l'a calmé.

— Princesse.

Sa voix me transit tout de même.

— Oui ?

— Tu me montreras demain où se trouvait exactement cette ordure. Je ne peux pas le laisser filer comme ça.

— D'accord Kay.

— Pardon, je ne voulais pas m'énerver contre toi tout à l'heure, c'est juste que je…

— Tu voulais me protéger, je sais…

— Tu comprends, je ne veux pas qu'on te fasse du mal à nouveau.

— On va le trouver cet enfoiré, je te le promets.

Il ouvre de grands yeux ronds. Il me rend mon sourire et je m'approche de lui. Je l'embrasse furtivement et me cale entre ses bras. Toute sa force m'enveloppe. Mes pieds sont en bouillie mais on ira où tu veux, Kay. Je crevais de trouille perdue dans cette ville, sans parler de ce foutu Père Noël. Je respirerai mieux si tu es là.

Je suis allongée contre lui, ses bras autour de mon corps, sans qu'il me serre. J'aime son odeur, il a abandonné les fleurs, bonne idée.

Mes pieds sont mollement posés sur la table en verre. J'ignore si je me permettais de faire ça avant, mais je me fous de la réponse. J'ai rarement été aussi à l'aise depuis ce qui s'est passé. Depuis le néant.

Ses doigts caressent mes cheveux avec une douceur infinie. S'il n'arrête pas rapidement, c'est Morphée qui va prendre le relais. Tout tourne autour de moi, toutes mes synapses se calment peu à peu. Je me laisse aller totalement, contre Karter.

— Je t'aime princesse.

Je ne réponds pas. Morphée arrive à grands pas.

Je t'aime.

Je t'ai princesse,

JE T'AI.

Morphée a serré ses griffes de coton autour de mes poignets et m'emporte avec lui dans le doux cyclone qui berce mes sens. À l'intérieur de mon rêve, mon corps est toujours allongé sur ce canapé clair. Je sens sa respiration, son cœur battre, plein de vie, contre ma peau.

ROUGE

1

— Emma, je te promets de tout faire pour que tu puisses sortir de cette merde.

Sa voix, pleine de larmes, m'amène à observer le creux de mon bras. Cinq cicatrices contrastent avec la couleur de ma peau. Deux points noirs et laids entaillent mes veines. Je dois pleurer moi aussi, car mes yeux sont douloureux. Mon ventre semble être rempli de flammes. Il est vide, il manque quelque chose à mon corps pour qu'il aille bien, je suis en train de mourir, je ne vois pas autrement

Non. Je suis en manque.

Le tremblement de mes mains me trahit. Mes doigts sont glacés et le fond de mes reins est brûlant. Je réalise enfin que l'humidité ne provient pas de mes yeux, mais de mon front. Je sue, comme une bon Dieu de truie. Et ce n'est pas tout, je supplie, je geins, comme une gamine pour une sucette, je hurle pour avoir une dose. Juste un fix. Juste ça et j'arrête. Je le promets. Sur la tombe de mon frère. Je peux le jurer. Ma langue est si sèche qu'elle devrait sans tarder s'arracher à mon palais. Plus de salive, plus de goût, plus de sensations. Que la douleur, énorme et visqueuse. Je tuerais pour la sentir encore. Putain d'aiguille.

Je ressens tout ça. C'est si réel, si présent. Je le sens, lui, derrière moi, serrer mes poignets avec la force d'un étau pour que je ne me débatte pas. Peut-être pour que je ne le frappe pas. Ou que je ne me frappe pas moi-même. Je m'entends lui hurler de me lâcher. Je ne reconnais même pas ma voix, je suis une autre personne, ivre de souffrance. Mon estomac me fait l'effet d'une bille, aussi petit, aussi dur. J'aimerais vomir mais cela ne changerait rien, absolument rien.

Lui aussi crie. Je me demande si c'est contre moi ou contre lui-même. Je ne suis que spectatrice de mon rêve, je suis à la fois à l'intérieur et à l'extérieur de mon corps. Il crie contre moi. Il lutte pour que mes convulsions animales s'arrêtent, je sens encore la force de ses mains autour des miennes, mais je n'ai pas l'air de m'en préoccuper le moins du monde. Je le détruis totalement alors qu'il ne cherche qu'à m'aider, simplement à m'aider. Il refuse de me laisser chauffer la poudre sacrée. Il a jeté toutes les seringues, tous les élastiques. Je le sais parce qu'il me l'a dit. Et il ne ment jamais. Pas lui.

C'est ce moment précis que choisit mon talon pour aller cogner violemment contre son tibia, et son étreinte de se desserrer l'espace d'une seconde. J'en profite pour me mettre debout, tant bien que mal Je cours – ou du moins, je le crois – vers la chambre. Je me réfugie dans le lit. Je me glisse, glaciale et humide, sous les draps, pour me protéger de je ne sais quel croque-mitaine qui pourrait me dévorer, d'un coup d'un seul.

Aucun monstre, aucune pieuvre n'a abattu ses tentacules sur mes jambes. Rien, que le silence. Karter n'est pas venu me chercher, ni me réconforter. Rien. Je suis seule, ridicule, cachée sous ma couette.

Et soudain, un cliquetis. Ce bruit, dans l'instant, réduit l'espace de mon estomac à néant. Mon cœur manque d'exploser sous une décharge d'adrénaline. Il n'a pas fait ça. Il n'a pas le droit. J'éjecte littéralement les draps et cours vers la porte. Je tourne la poignée, sans résultat. Il a fermé la porte. Enfoiré. Ce n'est rien qu'un sale enfoiré. Il veut me tuer. Je ne pourrai pas tenir. Je sens la panique. Elle s'insinue dans mes veines, de plus en plus oppressante. Je vois mes poings s'écraser contre le bois verni. Deux fois, dix fois. Puis je ne compte plus. Ça ne sert à rien, trois de mes phalanges sont en sang.

J'ai dû rester accroupie à gémir pendant des heures entières devant cette porte. Ma voix est cassée. Peut-être quelques-uns de mes doigts également. La nuit est déjà là et je n'ai pas bougé, ma bouche n'émet que des sons barbares que je ne parviens même pas à déchiffrer moi-même. Mon ventre également.

Je me résigne à regagner mon lit car la fatigue semble avoir amoindri la souffrance. Pour l'instant.

Je me revois me lever le lendemain et découvrir un plateau rempli de tartines, Thermos de café et autres pâtisseries. Un petit mot sympathique accompagne ce premier petit déjeuner de prisonnier. « Venge-toi sur la bouffe. Tout ça est terminé, on va s'en sortir autrement. Ne m'en veux pas Emma », un petit cœur maladroitement colorié en rouge apparaît en guise de signature. Il se fout de ma gueule. C'est certain.

Je me souviens d'avoir dévisagé la nourriture pendant plus d'une vingtaine de minutes, et la faim aidant, de m'être mise à manger. À contrecœur. Et c'est comme cela qu'il compte me sauver ! L'espoir a toujours fait vivre les innocents. Je soupire, les convulsions animales ne se sont pas encore réveillées ce matin. La confiture comble légèrement le vide de mon estomac, mais mes mains tremblent encore. Il faudra sûrement plus de temps pour que Parkinson se décide à me lâcher les baskets. J'ai vu un film où ils enfermaient un tox dans sa chambre. Pendant des semaines entières. Pas très joli à voir. Le problème est que je ne me rappelle plus s'il s'en sortait ou non… Mon corps en manque va tenter de penser positif. Ha ha ha !

J'ai glissé ma tête sous l'oreiller quand la porte s'est ouverte en début d'après-midi. J'ai senti sa main caresser mon dos à travers les draps. Il n'a rien dit, je n'ai rien dit. Lorsqu'il est ressorti, j'ai jeté un œil, nouveau plat. Légumes vapeur, yaourt. Génial. Il a de l'humour en plus. Sa seconde note me le confirme : « Bonjour mon Amour – le A est retracé plusieurs fois avec le stylo –, je ne te demanderai pas si tu as bien dormi, je sais que tu ne voudras pas me parler. Sache juste que je suis là, je t'aime, on y arrivera. PS : douche à 17 heures, je te laisse de quoi t'occuper. » Effectivement, trois livres sont posés près de mon assiette encore fumante. Trois pavés, plus précisément. S'il veut m'achever, qu'il le dise tout de suite.

Dix-sept heures. Bien. Ma vessie ne tiendra jamais jusque-là. Sur la porte apparaît une légère trace de sang séché. Je pose le regard sur mes phalanges. Littéralement explosées. Je plie les doigts, et évidemment, la sensation me fait comprendre dans la seconde que ce n'était pas la meilleure chose à faire. Je frappe doucement le bois verni avec l'autre main. Mes poignets sont tuméfiés. Il a dû serrer comme un forcené. Je me revois, hystérique, en train de me débattre. Peut-être est-ce ma faute après tout. Aucun mouvement dans l'appartement. Je frappe plus fort, mais pas comme une folle cette fois. J'entends des pas se rapprocher. Rapidement.

— Qu'est-ce qui se passe Emma ?

— Qu'est-ce qui se passe ? Espèce de connard, ouvre la porte.

— Il me faut d'abord une bonne raison Em'.

— J'ai la vessie pleine, tu veux que je te fasse une fresque sur le parquet ?

(Il rigole, je n'arrive pas à le croire, il rigole.)

— Tu seras sage ? Emma ?

— Oui

— J'ai besoin d'une promesse.

— Oui, je te le promets, tout ce que monsieur voudra, mais laisse-moi aller aux toilettes, je t'en supplie. Je ne tiens pas à ce que tous les passants aient une vue sur mon postérieur dans trente secondes et j'espère que toi non plus.

— C'est bon, c'est bon, je t'ouvre.

Aussitôt dit, aussitôt fait. Re-cliquetis. Je pousse la porte pour qu'il l'ouvre plus vite, il s'écarte alors de mon chemin sans même que je pose un regard sur lui. Ce n'est pas le moment, et je ne sais même pas si nos yeux se recroiseront un jour.

Je me souviens de l'extase quand mes fesses se sont

posées sur la cuvette fraîche des toilettes. Je me souviens d'avoir voulu fouiller tous les placards. Les miroirs collés aux parois m'ont tout d'abord stoppée net. Je ne m'étais jamais vue aussi blême. J'ai baissé les yeux, cherchant la petite poignée à l'aveuglette. Quand je les ai ouverts, ils étaient vides. Rien, pas même une plaquette de Xanax à se mettre sous la dent. Je suis sortie de la salle de bains. Le gardien m'a reconduite jusqu'à ma cellule provisoire et tout confort.

Pendant des semaines, cette chambre est devenue ma maison. J'ai pleuré, j'ai hurlé. J'ai murmuré toutes les insultes du monde. Et il n'a jamais cédé. Les cliquetis sont devenus à la fois un bruit détesté et vénéré. J'ai dévoré les trois bouquins en deux jours et ce sont des dizaines qui ont suivi. J'ai lu des histoires d'amour qui se terminaient bien et des guerres qui finissaient mal. Des morts qui revenaient à la vie, des bateaux qui coulaient, et des coups de feu tirés. Une bonne centaine au moins. Parfois mortels. Parfois non.

Je l'ai haï plus que je ne l'ai aimé. Il a été le bourreau qui casse la lame de la guillotine à la fin du film. Je m'en suis sortie. Mon estomac a repris sa forme primaire, large et enclin à de nouvelles saveurs moins nocives. Mes joues ont rosi jour après jour devant les miroirs, et les passants n'ont fort heureusement jamais pu voir mon fessier. Tout est bien qui finit bien. Il m'a sauvée de moi-même. Il m'a rendu la vie dont je m'étais privée.

Après cette rasade de souvenirs, mon esprit décide de réintégrer la réalité. Mon réveil est pénible, ma tête douloureuse. Karter ne dort pas. Il veille sur moi. Son regard, tout autour de moi. Je me sens différente, plus confiante. Reconnaissante aussi. Il me regarde et ne lit pas le merci qui se trouve dans mes yeux. Il sourit, étonné, et me serre dans ses bras. Plus fort.

2

J'ai dormi dans ses bras durant les quelques heures qui ont suivi. Sans que ma mémoire ne fasse irruption dans mon sommeil. Les rêves m'épuisent.

J'y croise souvent cette femme vêtue d'un manteau rouge. Ma mère. Je ne parviens pas à voir son visage mais ses longs cheveux blonds flottent sur le tissu carmin. Et ce bruit. Comme un bruissement de métal. Un tintement bref qui revient sans cesse. La femme en rouge s'approche de moi sans que ses pieds touchent le sol. Elle flotte littéralement dans l'air. J'entends ce bruit. Tout au fond. Comme s'il provenait d'elle. Et le rêve s'arrête.

Et revoilà Wild Bill, le chat obèse. Il miaule à tout rompre pour qu'on remplisse sa gamelle. Dans certains films d'horreur, les insectes poussent de petits cris. On pourrait sans conteste comparer ceux de Wild Bill à ceux-là. Impressionnant. Je souris et me lève finalement pour exaucer son vœu. Une boîte de pâtée spongieuse parfume en moins d'une minute chrono l'intégralité de la cuisine. Je grimace et jette la boîte en acier dans la poubelle.

Lillard a déjà dévoré les deux tiers de son repas.

Il me jette un regard glouton, les moustaches imbibées de gelée odorante, et je réalise qu'il se tient pour manger comme se tiendrait une girafe pour boire. Mais à l'envers. En effet, ses pattes arrière sont restées statiques, légèrement écartées. Il ne s'assied pas comme le feraient les autres félins. Il ne le peut pas. J'envisage alors la technique acrobatique qu'il doit employer pour monter à l'étage. Cela doit lui prendre des heures. J'ignore vraiment pourquoi on a torturé ce chat.

Du sang colle entre eux les poils de ses pattes. Ce même sang qui tache mes doigts. Il hurle. J'entends ses miaulements. Et j'appuie. Il hurle comme un bébé.

Un bébé en train de crever.

Bordel de merde, qu'est-ce que c'est que ça ? C'est moi qui ai détruit ses os ? C'est moi qui ai explosé ses pattes ? Je suis un monstre. Je suis un monstre. Je suis un…

Mon souffle siffle entre mes doigts. Ce n'est pas possible, je n'ai pas pu faire ça. Qu'est-ce que j'ai pris pour être capable de faire une chose pareille ? Comment ose-t-il encore chercher la moindre marque d'affection de ma part ? Est-il si docile, m'aime-t-il tant qu'il a oublié ce que je lui ai fait subir ? Sainte merde.

— Emma ? Qu'est-ce qui se passe ? Emma ?

Karter pose ses mains sur mes genoux et plonge ses grands yeux dans les miens.

— Kay, qu'est-ce que j'ai fait à ce pauvre chat ? J'ai vu son sang sur mes mains, c'est moi qui…

— Non, princesse, ce n'est pas toi.

— Mais il y avait…

— Tu le soignais, c'est son sang que tu as vu car tu bloquais l'hémorragie. Tu l'as trouvé comme ça, sur le pas de la porte. Il n'avait que quelques mois. Tu l'as gardé.

Pour toujours.

— Karter… Il avait un mot accroché autour du cou.

— Oui, « pour toujours ». Il devait être adressé à je ne sais qui. Ou peut-être simplement une mauvaise blague de gamins. Une très mauvaise blague.

Biaggi.

Je me souviens maintenant d'un homme, de ses pas lourds et rapides dans l'escalier, des insultes que j'ai vociférées à son ombre avant que le bruit de ses chaussures ne s'efface totalement.

— Tu crois que c'est… Mais… Comment peut-on être capable de commettre une telle chose ?

— Tu l'as sauvé, Emma. Point barre. Tout va bien, il est vivant. Un peu amoché, certes, mais bien vivant. Regarde l'appétit qu'il a.

— Je l'ai soigné tu as dit ?

— Oui, tu…

Pas le temps d'entendre sa dernière phrase. J'ai déjà filé. Il faut que je vérifie quelque chose. Maintenant. Je marche vite, je cours presque pour atteindre la porte. L'atelier. Ça doit se trouver dans l'un des tiroirs du bureau. C'est ça, la voilà. La lettre d'adoption du chaton, signée de la direction. Je la pose devant moi, impatiente ou presque. Il faut que je sache. C'est forcément ça. J'ouvre l'autre tiroir et y attrape un crayon à papier vert, *3B*. Allons-y. Je ferme les yeux, pose le crayon sur la feuille et signe machinalement. Je fronce, puis ouvre à nouveau les yeux. Je le savais. Pourquoi je ne l'ai pas vu plus tôt, je me le demande. Là, je reconnais le *k* inclus dans le *n* final. Excepté la boucle du second *a*, qui est plus évasée sur celle de droite, c'est la même signature. Exactement. C'est même moi qui avais choisi l'en-tête manquant. La silhouette d'une gueule canine. Un doberman.

Je dirige une clinique vétérinaire. Et même mieux, elle m'appartient. Je soupire. Je me sens idiote. La lettre aurait dû m'aider, Karter l'a fait. Involontairement, sans aucun doute. Pourquoi ne pas m'avoir dit tout ceci ? Rien là-dedans ne risquait de me faire souffrir. Je ne crois pas.

Non, tu te trompes encore une fois, Em'. Et un autre flash de me transpercer les neurones. Je dirige*ais* une clinique vétérinaire. C'est une mise en demeure que je devine. La clinique a fermé, ou allait fermer. C'est une certitude. Je me vois vêtue d'une blouse blanche, courant dans tous les sens, empruntant chaque couloir à la vitesse de l'éclair.

Une épidémie.

Une foutue épidémie les a tous décimés, chats, chiens, hamsters. Une véritable hécatombe. Il me semble que cela a duré plusieurs mois. Six, peut-être. Les clients, pour certains, ont perdu les seuls êtres qui leur donnaient encore quelque affection. Puis ils ont tous lâché la clinique, un à un. Il est vrai que comme publicité, ce ne devait pas être très vendeur. Je me souviens d'un procès. Et des dommages et intérêts qui ont suivi. J'ai probablement déboursé des sommes incalculables. Aucun souvenir du chiffre, mais cela devait être colossal.

Est-ce à cause de la clinique que j'ai goûté à l'aiguille, ou est-ce la fin de l'aiguille qui m'a permis d'ouvrir la clinique ? Impossible de me rappeler. En tout cas, je m'en souviens comme d'une période plus que difficile. Je sais toutes les larmes qui ont coulé sur mes joues, et combien j'ai eu du mal à retenir celles des personnes qui m'ont fait face. Je n'ai pas pu sauver les animaux. J'en avais mis une partie en quarantaine, mais cela n'a été d'aucune efficacité. Je les sens encore mourir entre mes doigts.

Je suis dès à présent consciente qu'il n'y a pas que le sang de Lillard qui a sali mes mains. Beaucoup d'autres animaux ont péri devant mes yeux. Des dizaines, à vue de neurone. J'ai lu la souffrance dans leur regard. La pitié aussi, celle qui demande que tout cela finisse, et vite. J'ai injecté des doses létales à perte de bras. Pour ne plus entendre leurs gémissements. Pour ne plus les écouter pourrir de l'intérieur. Pour me sentir moins coupable. Loin des yeux loin du cœur, je m'en suis persuadée. Pour un temps seulement.

Pour les cris de plainte, ce sont les propriétaires qui ont pris la relève. Je me souviens de gifles, plus ou moins fortes selon le degré de colère. Je vois aussi un poing levé mais je ne crois pas que le coup ait été porté.

J'ai détruit des dizaines de vies, humaines et animales. Je n'ai pas été capable de les sauver. Je ne suis qu'une pauvre conne incapable de…

Tout à coup, je sens la main de Karter serrer mon épaule avec force.

— De quoi te rappelles-tu ?

— La clinique. Les cadavres d'animaux, partout. Leur sang sec sur mes doigts. Les seringues qui remplissaient les poubelles. Qu'est-ce qui s'est passé ?

— Tu as fait une dépression pendant près de six mois. Tu m'as parlé d'un virus, une maladie mortelle qui s'est propagée dans tout l'établissement. Fort heureusement cela n'a atteint que les animaux.

— J'ai tout perdu. J'ai vraiment merdé, hein ?

— Ce n'était pas ta faute, princesse. Il a suffi que deux chiens croisent leur souffle et c'était terminé, c'est allé très vite. Quelques mois tout au plus.

— De quand date cette histoire ?

— Environ un an, peut-être un an et demi. Tu commençais tout juste à reprendre confiance en toi, tu souriais à nouveau. Et ensuite…

— Oui, je sais. N'en dis pas plus Kay.

Et ensuite je me suis fait défoncer l'utérus avec un crochet, pas la peine de remuer le couteau dans la plaie. Ha, ha, le couteau dans la plaie.

Peut-être est-ce à cause de toute cette affaire que mes insomnies ont commencé, et que toutes les émissions télévisées se sont gravées à l'intérieur de ma tête. L'écran a dû être d'une aide très précieuse pendant toute cette période. J'ai tenté d'échanger mes images d'animaux mourants contre des talk-shows antineuronaux. Apparemment inefficace comme traitement.

Kay tapote mon dos, comme on le fait dans ces cas-là, c'est inscrit dans les us et coutumes. Ça ne sert absolument à rien, mais je simule et mon visage affiche un vague sourire poli.

3

Quelques heures ont passé, je me repose sur le divan, les pieds à nouveau posés sur la table de verre.

Ma mémoire semble m'offrir de plus en plus de souvenirs. Elle doit vouloir démarrer avec les pires. Elle a plutôt intérêt à se calmer si elle veut que mon cœur tienne la route. Je ne sais pas si je supporterai qu'elle continue comme ça.

Lillard me le confirme dans la seconde en sautant du mieux qu'il le peut sur mes cuisses. Je l'aide, porte ses pattes postérieures pour qu'il puisse se positionner à son aise. Il me regarde, amoureux, vrombissant à chaque caresse que je lui porte. Ses yeux sont fermés d'extase, il ne voit pas la larme qui coule doucement sur ma joue. De toute manière, même s'il l'apercevait, il ne saurait pas ce que c'est. Les chats ne pleurent pas. Ils hurlent. Comme des bébés. J'ignore comment j'ai pu laisser faire tout cela. Vraiment.

À la télévision, cinq hommes sont priés, en moins de sept minutes s'il vous plaît, de trouver la femme de leur vie. Les questions fusent, plus vite que l'éclair, sur leur couleur, leur position, leur plat favori. Dix femmes exhibent leurs plus intimes préférences devant les caméras. L'écran géant me permet de discerner, sous tout le maquillage qu'elles supportent, de l'acné naissante. Quelques boutons par-ci, par-là, rien de bien terrible. Elles paraissent si jeunes, si malléables. Prêtes à procréer, le cul jeté en arrière, croyant encore ou presque à leurs rêves de petites filles. Qui pourrait leur expliquer que le prince charmant n'a rien de comparable à celui des contes de fées ? Qui pourrait leur expliquer que la normalité n'est pas d'exposer sa vie à des milliers d'yeux avides ? Qui pourrait leur faire comprendre tout cela ? Oprah, tu es *out*. Définitivement.

Le chat s'est endormi, dans une posture des plus bizarres. Karter est dans la cuisine. Il n'a pas tort, il faut prendre des forces, demain est un autre jour.

4

Près de mon verre, toujours cette gélule, énorme et jaune. Les autres ont disparu mais celle-là persiste.

Ce soir Karter a préparé un vrai repas. Et mon couteau tranche enfin autre chose que de la pâte précuite. L'odeur de la viande dans mon assiette me fait saliver. La première bouchée de chair est exquise. L'homme est carnivore, pas de doute. Et toutes ces conneries de recettes végétariennes me font bien marrer. Comment peut-on oublier le goût de la viande rouge ? Comment peut-on renier ce goût ? Le goût du sang.

L'homme est carnivore. Tout le reste, on s'en tape.

J'engloutis la moitié de mon steak en moins de cinq minutes, alors que Karter m'observe, la bouche entrouverte devant sa fourchette. Lui n'a même pas commencé.

— Si j'avais su, princesse, j'aurais cuisiné plus tôt.

Je hausse les sourcils. Il est vrai que deux semaines à ne tourner qu'à la pizza peut rendre fou. Après, Kay, c'est toi qui vois. Quatre fromages, jambon, olives, fruits de mer. Fini tout ça.

— C'est délicieux, Kay.

— Ce n'est rien, juste un bout de viande, un peu de beurre, du sel, du poivre.

Pas plus compliqué que d'allumer un four, hein ? Je me tais et achève mon repas en quelques minutes. La journée m'a épuisée. Mes pieds sont en bouillie et mes yeux ne demandent qu'à se fermer.

— Je n'ai pas préparé de dessert. Tu as l'air de mourir de faim…

— Du café ?

— Tout de suite, madame.

Karter sort deux grandes tasses et les dispose sur la table. Il remplit la réserve d'eau et appuie sur le bouton. Une lumière rouge s'allume et la cafetière s'anime. Elle ronfle doucement, tousse un peu. Et le liquide sombre commence à s'écouler, répandant son parfum dans toute la cuisine.

Il jette deux sucres dans ma tasse. Il connaît si bien mes habitudes. Il me guide vers ma vie d'avant. Il réitère, chaque jour, mes anciens gestes, pour qu'ils m'appartiennent à nouveau un jour. Plutôt difficile d'apprendre une vie qu'on ignore.

Le liquide s'est arrêté de couler et la cafetière s'est tue. Karter verse le café brûlant dans nos tasses. Noir sans sucre pour lui. Deux sucres et presque la moitié en lait pour moi. Deux opposés qui s'attirent. Qui s'attirent de plus en plus fort.

— Dors avec moi ce soir.

La phrase est sortie un peu vite de ma bouche. Juste avant que mes lèvres ne puissent la retenir. Mes yeux s'agrandissent et les siens me transpercent d'un éclat gris. Il voit que mes paroles m'ont étonnée. Il sourit et prend ma main dans la sienne.

— Tu es sûre de ça, Em'?

— J'en ai envie, c'est tout. Je veux juste te savoir près de moi cette nuit.

— Tu as peur ?

— J'aurais tort ? L'homme qui m'a violée m'a certainement poursuivie cet après-midi. Il sait où j'habite. Il connaît mon nom. Oui, Karter, je suis morte de trouille.

— Je veillerai sur toi princesse. Autant de nuits que tu le souhaiteras. Je te le promets.

Ma cuillère tinte contre la porcelaine. Alors je porte le liquide brûlant à mes lèvres. Et l'arôme amer coule au fond de ma gorge, et me rassure. Tu ne risques plus rien maintenant, Emma. Plus rien.

5

J'enfile un simple T-shirt avant de rejoindre Karter qui m'attend, grelottant dans les draps glacials. Je tire au maximum sur le tissu pour ne pas dévoiler une intimité qu'il connaît déjà. Il baisse les yeux en souriant, et je rougis légèrement, accélérant le pas pour me glisser sous la couverture. Le coton me fait l'effet d'une plaque de glace sous mes fesses. Malgré la chaleur dégagée par les radiateurs, il fait étonnamment froid dans cette chambre.

Je me retourne vers lui, emmitouflée jusqu'au cou dans la couverture rouge.

— Merci d'être là, Kay.

— Tout ce que tu voudras, princesse.

Il s'étend à son tour, et sa peau touche la mienne. Malgré ses dents qui claquent, sa peau est chaude. Chaude et douce. Rassurante.

Lillard ne tarde pas à nous rejoindre, et je peux observer la technique acrobatique qu'il a mise en place pour escalader le matelas. Ses pattes avant font tout le travail. Il se hisse, soulevant ainsi tout son poids sur plusieurs centimètres tandis que ses membres postérieurs restent totalement immobiles. Paralysés. Morts.

Ses oreilles sont tendues vers l'arrière et ses yeux grands ouverts sous l'effort qu'il procure. Arrivé au sommet, sa gorge vibre et les ronronnements commencent. Il vient lentement s'allonger contre nous.

Nous examinons chacun de ses gestes en silence, profitant de ce moment de répit.

Karter dégage un de ses bras, coincé par la couverture. Il dévoile alors son corps. Juste quelques secondes. Un bref instant, je peux voir sa peau, ses muscles secs, dessinés parfaitement. Un corps nerveux, totalement maîtrisé. Et sur son épaule…

— Attends, Kay.

Je descends le drap qu'il a pris soin de remonter. Délicatement. Je sens les muscles sous sa peau, tendus, raides. Du calme Kay. Et je découvre totalement son bras. Entièrement tatoué. Tu avais omis de me parler de ça. Jusqu'au coude, son bras est recouvert de couleurs ténues, de contours épais. Un arbre noueux tourne autour de son épaule, épousant parfaitement la forme de son corps. Sur une branche, un homme assis, quelque chose au bout de son bras. Un masque d'animal. Un lapin. L'homme regarde sa montre. Sur une branche plus haute, un chat, enroulé dans sa queue, sourit… ses dents sont bien trop grandes et aiguisées. Alice.

Alice au pays des merveilles. Le lapin, le chat. Et, bien sûr… Alice.

Allongée dans l'herbe au pied de l'arbre, la jeune femme regarde dans un miroir à main qui ne lui renvoie qu'une tache floue et sombre. Elle se mire en souriant, la tête jetée en arrière, les cheveux noyés en mèches blondes sur sa nuque si fine… Mais c'est…

— C'est moi ?

— Oui, Em'. C'est toi. Je ne savais pas si je devais te montrer ça ou non.

— Si, si ! Mais je… tu n'as tout de même pas fait ça pour moi !

— Eh bien, lorsque tu l'as vu pour la première fois, tu m'en as voulu, tu disais que c'était trop, que je ne t'aimerais peut-être pas toute ma vie. Mais tu as appris à l'apprécier, et puis tu as commencé à le trouver joli.

— La photographie que tu m'as montrée à l'hôpital a servi de modèle, je me trompe ?

— Oui, c'est bien ça. Et jette un coup d'œil au lapin.

Je m'approche un peu plus et affûte mes yeux pour discerner le visage de l'homme au masque. Pas de surprise.

Karter.

L'air grave, une montre à gousset flanquée dans l'autre main.

— Et le chat, c'est Lillard ?

— Il fait partie de notre histoire, je ne pouvais pas l'oublier, celui-ci.

Il finit sa phrase en caressant la tête du gros félin qui ronfle entre nous deux. L'angle de son bras dévoile alors autre chose. Le tatouage n'est pas complet. Je n'ai pas vu l'arrière de son bras, là où la peau est plus fine, plus sensible. Je saisis sa main et la soulève jusqu'à pouvoir discerner chaque trait, chaque couleur.

Rouge.

Du sang, partout, du sang…

La Reine rouge. Le bourreau. La coupeuse de têtes. Sa robe s'étend en volutes de sang sur tout l'arrière de son bras. Ses cheveux volent, retenus par une couronne de fortune. Sa peau est blanche, blême et sans vie. Toute la rage qui l'anime est contenue dans ses yeux. De trop grands yeux sombres comme l'orage.

Karter retire son bras si rapidement que son geste en devient presque brutal. Qu'est-ce que tu caches Kay ? Que faut-il que je ne voie pas ?

— Il est magnifique. Mais… pourquoi une Reine rouge si effrayante ?

— C'est mon démon, elle est cachée sous mon bras. Je ne la vois pas, mais je sais qu'elle est là. Comme les ailes dans ton dos. Et comme ce truc…

Il touche la cicatrice sur ses lèvres.

— Ce foutu bec-de-lièvre a gâché ma vie entière. Toi seule m'as regardé. Toi seule as vu qui j'étais vraiment.

Alors, à mon tour, je caresse sa peau abîmée. Je retrace le sillon épais, de son nez à sa bouche.

— Gamin, je me suis réfugié dans les bandes dessinées, dans les contes de fées. Pour oublier le monde autour, les moqueries et le regard des autres enfants. Tu es la seule qui soit passée au travers de la carapace que je m'étais forgée pendant des années. La seule à avoir essayé. La seule, Emma.

Ses yeux sont rougis de larmes. Mes doigts courent sur son visage, doucement. Amoureusement. J'aimais cet homme.

Je colle mon corps contre le sien. Simplement pour sentir sa chaleur. Pour sentir que je suis vivante, tout contre lui. Et son bras m'entoure, comme du lierre de soie, doux et immobile. Son souffle rapide sur ma nuque ralentit sa course. Je suis bien tout contre lui… je suis là, Kay.

L'arbre sinueux court le long de ses veines. Je connais ce tatouage. Je pourrais en suivre chaque contour les yeux fermés.

Je t'aime Kay.

La Reine rouge ne te fera… plus… de… mal.

Je la vois qui s'approche de moi, énorme dans sa robe bouffante. Et sous ses pas, elle laisse une traînée rouge. Une traînée de sang, visqueux et sombre. Comme une limace hémophile.

Elle se rapproche, comme une ombre, rapide et énorme. Elle m'étouffe. Elle est sur moi.

Et tout à coup, sa voix.

Elle hurle. Elle hurle sur moi, tout le poids de son corps sur le mien. Son cri me tue. Elle m'empêche de respirer… elle…

LES PIRATES

1

Un baiser sur le front me sort délicatement du sommeil. Karter a droit à mon premier regard matinal. J'ai dormi comme un loir cette nuit et j'ai beaucoup de mal à extraire ne serait-ce que ma tête du moelleux de la couverture. Il me sourit. Il est habillé. Le petit déjeuner est prêt.

Une odeur de chocolat chaud s'infiltre dans mes narines et m'incite finalement à me lever plus rapidement. J'arrive dans la cuisine, vêtue de mon seul T-shirt.

Karter regarde avec fierté ce qui m'attend : des montagnes de tartines s'étalent sur la table, deux bols tracent quelques volutes de fumée chocolatée dans l'air. Deux pots de confitures colorent cette nature morte. Fraise, coing. Je souris à mon tour, les yeux encore à demi clos par la fatigue de la veille, et prends place sur l'une des chaises. Je remercie Karter de son attention, il me rétorque que c'est normal, la bouche déjà pleine de pain frais. J'entame moi aussi ce petit déjeuner. C'est délicieux. Je ne pense pas avoir mangé quelque chose d'aussi bon depuis que je suis revenue dans cet appartement, ni même à l'hôpital, mais ça, c'est une évidence.

J'ignore ce qui se passe dans sa tête depuis hier, mais ce qui est certain c'est qu'il commence à faire des efforts. Il y a le repas d'hier, ce petit déjeuner fabuleux et… merde, je l'avais complètement oubliée celle-là : la sortie qu'il a prévue, aujourd'hui. Mes pieds ne semblent plus douloureux de ma course dans les rues de la ville la veille, je tortille mes orteils dans tous les sens. Tout va bien pour l'instant. Pas de randonnée, c'est mon seul souhait. Et pas de course-poursuite. Surtout pas.

Il est plus de onze heures maintenant, la porte de la salle de bains s'est refermée derrière moi. Je retire avec une lenteur extrême mon T-shirt noir. Le grand miroir posé sur le sol m'offre mon clone, nu.

J'ose enfin m'affronter, je regarde mon corps. Une peau que les ecchymoses ne marquent quasiment plus, si claire. Mon bassin, encore torturé. Mes doigts dessinent une ligne sous mon nombril, remontent entre mes seins et sur mon cou. Puis soudain c'est mon propre regard que je croise. Mes yeux sont noisette, je ne le savais même pas… Ils sont grands, parsemés d'une poussière couleur or. Une légère cicatrice apparaît encore sur ma lèvre supérieure, toute rose. Mes mains inspectent chaque relief de mon visage comme si je me découvrais pour la première fois. Je suis cette inconnue, pas moche, pas jolie non plus. Cette anonyme à qui on a détruit la vie. D'un coup de crochet.

Karter n'a changé les mèches à l'intérieur de mon corps qu'une seule fois. La gêne a signé notre accord silencieux. La douleur s'évacuera, seule.

J'ouvre les robinets à fond. En faisant cela, je tourne

le dos à cet autre moi qui ne me lâche pas des yeux. Les ailes sont toujours présentes, repliées dans mon dos, dans l'attente d'un vol incertain vers je ne sais quelle destination. Elles paraissent si réelles, je peux presque sentir les plumes chatouiller ma peau. Karter a dit qu'elles étaient la seule solution pour que j'aie confiance en moi. Comment un tatouage peut-il corriger cela ? Et surtout, pour quelle raison ? Mes doigts m'affirment que ce n'est finalement qu'un dessin. Gravé dans ma peau. À vie. Rien que ça.

La mousse déborde, j'arrête le débit d'eau. Je plonge un premier pied dans la baignoire. L'eau savonneuse me brûle mais je continue. Je m'assieds entre les bulles. Mes membres sont déformés par le liquide, illusion d'optique. Pour ce que ça change…

Mon cœur se convulsé dans ma cage thoracique. Le bain est trop chaud mais je m'en fiche. Si je pouvais fondre et ne plus me préoccuper de quoi que ce soit, tout serait parfait. Le seul problème est que je ne suis pas un morceau de sucre, je ne vais pas me désintégrer, là, dans la minute.

Je bouche le robinet avec l'un de mes orteils, bascule la tête en arrière et soupire. Je me demande encore pourquoi ma vie ne peut être banale, avec un mari, un gosse et un chien. Arrête de te poser des questions stupides, Emma.

Je relève la tête et remarque que le siphon a un reflet étrange, comme si deux grands yeux de chouette m'épiaient silencieusement. Machinalement, je serre les cuisses, par pudeur incertaine.

Je savonne, comme tous les jours, chaque centimètre

de mon corps avec insistance. Le gant de crin a rougi ma peau un bon nombre de fois. Mais lorsque je sors, et même si mon corps est douloureux, il est lisse, propre et lavé de toute impureté. Je me dis que si je pouvais me mêler à l'émail de cette baignoire si impeccable, je n'hésiterais pas une seconde.

Du sang, partout.

Tout à coup, un nouveau fantôme caresse mon cerveau. Une simple image, rien de concret. Ce sont des pieds d'enfant. Ils sont si petits, le gamin doit être jeune, peut-être six ou sept ans. Il est debout sur un carrelage bien propre, je ne vois que ses jambes, jusqu'à la naissance de son bassin. Il est nu. Ses orteils se tordent sur les dalles blanches comme s'il avait envie d'uriner. Ce n'est pas cela. Il souffre. C'est la douleur qui vrille ses membres. Je vois le sang couler sur ses cuisses. Entre ses cuisses.

Partout du sang.

C'est un gémissement qui me sort de mes songes. Mon propre gémissement. La vision m'a terrifiée. Encore une image que la télévision a dû m'offrir. Comment peut-on laisser montrer des choses aussi horribles… Jusqu'où les directeurs de chaînes sont-ils capables d'aller pour créer l'Audimat nécessaire à l'achat de leur nouvelle voiture ?

L'eau est presque froide. Je me lève et me sèche. Je passe un léger coup de peigne dans mes cheveux blonds, qui sont assez longs pour frôler mes épaules. J'enfile soigneusement le petit tas de vêtements que j'avais posé sur le sol, près de la fenêtre. Puis je desserre le verrou et sors.

2

Lorsque je rejoins Karter, il est assis sur le canapé du salon, une petite boîte calée sur son ventre. Je fronce les yeux légèrement. J'aime de moins en moins les surprises. Alors, Kay, vas-y doucement.

Il tapote le cuir pour que je prenne place près de lui. Le carton est vieux, usé à chaque coin et l'odeur qui s'en dégage est celle du papier mouillé, moisi, laissé durant trop d'années au fond d'une cave. Il caresse les ondulations de papier brun et soulève le couvercle.

À l'intérieur, plusieurs photographies, quelques lettres pliées comme si elles cachaient jalousement leurs secrets. Des Polaroid se battent en duel. Je les prends et les observe un à un.

Moi, à l'école, fêtant mon anniversaire. Neuf ans à en juger par le nombre de bougies sur le gâteau.

Ma mère enceinte, soutenant son ventre, recouverte d'un simple peignoir. Elle était si belle. Si fine, ses bras blancs autour de moi.

Je retrouve la photographie où je tiens Lillard entre mes mains. Il me semble un peu plus maigre aujourd'hui.

La photographie suivante me montre, brandissant un diplôme, mais impossible de me rappeler lequel.

Et de nouveau, la photographie en noir et blanc de mon frère.

Thomas, mon petit frère, mon rayon de soleil.

— Rame plus vite, Emma !

De nouveau, le visage de ma mère, terrifié. Et mon frère à l'avant de la barque, droit comme un I.

— On s'en va Emma ? On va voir des pirates ? Hein ? Dis ! On va en voir ?

— Oui Tom. On en verra. Des vrais.

Et ce barrage en contrebas qui nous coupe la route. Et ma mère qui pleure. Ses espoirs qui s'effondrent.

— Je te promets qu'on en verra bientôt Tom. De vrais pirates, je te le jure.

Une autre a été prise devant l'ancienne maison de mon père. Comme je l'aurais parié, je suis assise sur les marches du perron, perdue dans je ne sais quel monde, une autre galaxie, assurément. Elle a été prise sans que je m'y attende car mon visage indique clairement que ce n'est absolument pas le moment de me demander le moindre sourire. Ma main s'enfonce dans mes cheveux blonds et soutient ma tête qui semble trop lourde de peine.

Salope, tu n'es qu'une salope.

C'est la voix de mon père, claire et ferme. C'est à ma mère qu'il parle.

Dégage de ma vue sale pute.

Je crois.

Sors de cette pièce. Sors de là grosse…

Je crois que c'est à ma mère qu'il parle.

Il est énervé, peut-être même plus que ça. Il est à bout de nerfs.

Nouvelle photographie. C'est lui. Il passe la porte d'entrée de l'ancienne maison, vêtu d'un long manteau noir et d'une écharpe rouge. Il sent la pluie et l'after-shave à trop haute dose. Son parfum est incrusté dans mes narines. Impossible de me tromper. Je retourne le papier. J'ai six ans au moment de cette photographie. Il sourit, brushing impeccable. Il n'y a rien autour de ce bout de papier que cette odeur. Et ces mots.

Salope. Sale pute.

Il était violent, c'est plus que certain, je vois ses mains levées au-dessus du visage crispé de ma mère. Je la vois, elle, hurler de toutes ses forces pour qu'il arrête. Pour ne plus entendre ses phrases. Pour que ses insultes s'effacent.

Je jette le tas de photographies dans le carton. Je crois que j'en ai assez vu.

Soudain, je lève les yeux vers Karter et c'est une larme qui vient couler sur ma joue. Je l'essuie du revers de la main, je ne veux pas qu'il la voie. Il me regarde et passe sa main dans mes cheveux. Il caresse ma tête, doucement.

— Il faut aider ta mémoire, Em'. Je sais que c'est dur.

Non, t'en sais rien, Kay. Chaque élément autour me fait mal, chaque souvenir me tue à petit feu. J'ai l'impression que chaque fois que ma mémoire se réveille, c'est pour me déchirer de l'intérieur. Je jette un dernier coup d'œil dans le carton gondolé et j'en retire l'une des feuilles pliées.

3

Le chien

Par Emma Kazan

Au bou de la lesse, il avansse sagement. Il pran la position de l'artiste pour décorer les trotoirs de ses oeuvres odorentes. Puis il continue, machinalement. Ses toiles sont tinté de rouge mais il est daltaunien, alors tout est normal. Ce matin, ELLE pleuré en grattant le creux de ses oreilles. « Pleures-tu mes puces ? » lui a-t-il demandé, mais, sans comprendre, ELLE a béssé les yeux et changé de pièce. Alors, Il est arrivé. Le chien remué la queue, même si le collié était trop serré. Un bou de liberté. Cette liberté routiniaire et limitée. Il allait y goûté. Comme s'il oubliait à chac fois que sa vie s'arrêtait à cinq cents maitre. Demi-tour devant la boucherie de M. Georges. Ce gros homme au regard ésitant : saucisses, chien, escalopes de porc, chien, romstek, chien. Il vit la vie de son meître, sans anfant, sans sourire. Simplement sa pâté, son canapé et ce demi-tour à la boucheri. Une vie de chien.

Mais ce matin, le collié étrangleur l'étrangle. Les mouvements de son maître sont nerveux. Lui ne peut pas courir, il n'a jamais vraiment couru. Ses intestins souffrent quand seulement deux de ses pates touchent le sol. Il tomberait sûrement. Il se sans lourd mais marche tout de maime. C'est tout ce qu'il a. Plus que cent maitres et ce sera le demi-tour. M. Georges les salue de sa voix gutturale. Il a un cou de dindon mais le chien ne s'y atarde pas, il ne sait pas ce que c'est, un dindon, il n'en a jamais vu. Puis la voix forte besse d'un ton et finit par un « j'comprand... ». Le maître vassille sous une tape dans le dos, sourire gêné. Il tire la lesse. Le chien a mal mais trottine mollement. Pas de demi-tour ojourdui. Paraîtrait que la liberté s'agrandit. Comme les yeux du chien. À cinquante maitres, une enseigne lumineuse. Vingt mètres. Ça sent l'étair. Et le chien comprend. Il est déjà venu et a souffert. Il sait, alors il s'arrête. Et hurle. Hurle à la mort. À sa propre mort. Et s'écroule. Le chien comédien simule bien. La pate arrière convulsive, la langue lavant le macadame. Le maître a lâché la lesse et cherche de l'aide dans les yeux du monde. Le chien rigole, le mètre croit y entendre un dernier souffle. Il s'en veut et ce matin, le monde n'a pas d'yeux, même pour les chiens. Alors le maître fuit, prétand que ce n'est pas son chien, et économise l'argent d'une dose mortaile. L'œil vitreux, le chien observe son maître passer devant la boucherie, la tête basse et la queue entre les jambes. M. Georges ne l'araite pas et gratte son cou de volaille. Alors le faux cadavre canin aux crocs crades et à la crotte rouge se relève et trotte vers une nouvelle liberté sans main au bou de la lesse que celle des dales grises de la ville. Et arrivé devant l'ensaigne bleue, il se surprend à courir, la langue dans le vent. Seulement deux pates au sol et ses intestins sont toujours la, il respire. Il vit. C'est la révolution cannine.

4

L'écriture est incertaine, les fautes se comptent par dizaines, et les points sur chaque *i* sont autant de cœurs grossièrement dessinés. Une gamine.

— Tu avais huit ans quand tu as écrit ça. Tu savais ce que tu voulais faire de ta vie. À six ans, déjà, tu voulais devenir vétérinaire. L'idée ne t'a jamais quittée.

— À six ans ?

— C'est ce que tu m'as dit en tout cas. Tu recueillais tous les chiens et les chats errants que tu pouvais trouver et tu les ramenais chez toi. Les oisillons aussi. Le garage était un havre pour animaux. J'aurais payé cher pour voir ça !

Karter réussit finalement à me faire sourire. Un faible mouvement de la mâchoire. Faible, et bref.

Il est presque cinq heures et la nuit est déjà bien avancée. Les réverbères sont allumés dans les rues, ainsi que toutes les décorations qui colorent la ville. Presque aucun besoin de faire fonctionner les lampes, la lumière extérieure est si forte…

C'est sur cette remarque que Kay décide enfin d'aller

s'habiller. J'en fais autant. Dans la chambre, je l'observe. Sa peau tendue sur ses muscles saillants. Alice sur son bras. Et la Reine rouge.

Il enfile un pull en cachemire noir. Troué au coude. Ah, nouveau mouvement *fashion*, le retour du grunge, probablement.

Son pull-over enfilé, il surprend mon regard. Je rougis dans la seconde même. Je dois être pivoine et il le sait. Je l'entends même rire lorsqu'il passe devant moi pour prendre son manteau posé dans l'entrée. Je ravale ma fierté et prends le mien avant de le suivre vers l'extérieur.

L'air frais me fait du bien et rend pastel le rouge de mes joues. Je me rends compte que mes yeux n'ont pas dû approcher la moindre fenêtre depuis ce matin. Depuis presque deux semaines, je crois que c'est la toute première fois où je n'en ai pas ressenti l'envie.

Tout est blanc. La neige a tout recouvert autour de nous. Les boutiques, les voitures, les cheveux des passants, rien n'a l'air d'y avoir échappé. Quelques flocons tournoient encore et je tends la main pour en attraper quelques-uns. Je ne me souvenais pas de cette sensation si agréable.

Et soudain, je sens le regard de Kay sur moi, pressé. OK, OK, on y va. Il marche quelques mètres devant moi, comme pour me protéger. La ruelle est proche. Toute proche. Nous faisons encore quelques pas et…

Nom de Dieu, il est là. Je m'arrête, paralysée par la peur tandis que Karter continue de s'approcher. Sentant mon absence, il se retourne et me lance :

— Emma ! Qu'est-ce que tu attends, bon sang !

— Mais Kay…

Il voit mon regard sur la silhouette dans la ruelle, seule parcelle sombre au cœur d'une ville trop éclairée. Il marche vers elle, d'un pas rapide et assuré. Alors, il la pousse en avant.

Des poubelles. Des foutues poubelles. Contrôle-toi, Em'. Il n'est pas là. Ton putain de croque-mitaine s'est tiré. Il sait où tu habites, il ne va pas t'attendre ici, par ce froid, il a autre chose à faire, tu ne crois pas ? Quelle idiote…

Je m'approche à mon tour, emboîtant le pas à Karter qui entre carrément dans la ruelle.

Il est devant, juste à quelques mètres et j'atteins les poubelles. Grandes masses luisantes dans les ténèbres. Quelle abrutie, vraiment…

À mon passage, l'une d'elles tombe soudain devant mon nez, déstabilisée par mes gestes brusques. Oh, non…

Le chat blanc.. le chat qui léchait paisiblement son pelage sous la voiture. Le chat aux pattes trempées. Il est là étendu, entre les ordures ménagères. La gueule entrouverte sur ses crocs minuscules et sa langue cramoisie. On l'a éventré. Il gît là entre ses tripes. Et l'odeur me frappe en plein visage. Rance et amère.

— Karter !

Il est loin devant maintenant.

— Kay ! Attends-moi !

Il se retourne et me voit arriver, marchant d'une drôle de façon pour ne pas glisser sur la neige.

— Kay ! Il y avait un…

— Qu'est-ce qu'il y a Em' ?

— Là-bas, dans les poubelles, un… oh, et puis laisse tomber.

Il me regarde, ses mèches sombres voletant dans le vent glacial. Ferme-la, Emma. Il va croire que tu fouilles dans les poubelles maintenant. Il va te prendre pour une folle. Alors tais-toi.

— Qu'est-ce que tu as vu Emma ?

— Non, rien, juste mon imagination.

Il me scrute encore quelques secondes puis reprend sa course. Je le laisse avancer. Je le suis, indifférente. Qu'est-ce que j'en ai à foutre du chemin, je n'ai qu'une envie, c'est me tirer d'ici. Me tirer de cette ruelle pourrie.

Nous tournons pendant près de vingt minutes dans plusieurs rues qui se ressemblent en tous points. Aucune plaque blanchie, aucun nom de rue n'a allumé de lumière à l'intérieur de ma tête. Et la neige n'arrange rien. Je ne distingue même pas le trottoir de la chaussée et je prie pour ne pas finir la journée avec une jambe dans le plâtre.

Quelques boutiques sont encore ouvertes et offrent leur lumière chaude aux clients qui ont le courage de sortir par ce froid. Noël est dans moins d'une semaine, les retardataires achètent leurs derniers cadeaux. Les gens ont l'air pressés mais sourient malgré tout. Ce doit être cela que l'on appelle l'esprit de Noël. Nous longeons deux rues supplémentaires et je commence à songer à faire demi-tour lorsque la devanture d'une boutique m'interpelle. Une vitrine très sombre, presque impossible à discerner maintenant que la nuit est tombée. Le magasin est fermé. Je m'approche un peu plus pour parvenir à discerner la plaque vissée au-dessus de la porte. « *Dream maker*, créateur de rêves. »

Tu es mon faiseur de rêves.

Je comprends alors ce qui a attiré mon regard. Derrière le verre de la vitrine, un chevalet supporte une large toile. J'aiguise ma vue et déglutis lentement. Le dos d'une femme recouvre la peinture. Nue, ou presque. D'immenses ailes sombres fondent sur sa peau. Et ces cheveux qui coulent en mèches blondes sur sa nuque fine… Nom de Dieu…

Trax. Il travaille là. La boutique devrait être ouverte selon les horaires peints sur la vitre. Je sens le relief des lettres colorées sous mes doigts.

Elle est pourtant bel et bien fermée.

J'essaie de regarder à l'intérieur du bâtiment. Plusieurs dessins sont accrochés au mur. Impossible de discerner ce qu'ils représentent. Il y a quelque chose au fond de la pièce, vu d'ici cela ressemble plutôt à une créature recourbée sur elle-même, en train de dormir. Mes yeux ont besoin d'un peu de temps pour s'habituer à l'obscurité de la pièce. Karter s'impatiente derrière moi et marmonne des mots que je n'entends pas.

La créature n'est qu'un large fauteuil en cuir dont l'un des bras a été amputé. Un rideau légèrement tiré cache la tête du siège. Des feuilles de papier jonchent le sol.

— Assieds-toi ma belle. Tu es absolument sûre de ce que tu veux faire ?

— Absolument sûre, chef.

J'entends un vrombissement sourd, presque inaudible.

Il y a une odeur assez forte, celle-là même que j'avais sentie à l'hôpital, peut-être plus agréable. Je sens Trax déposer sur la peau de mon dos une sorte de crème humide, puis l'étaler sur un petit espace. Puis vient le bruit. Une vibration comparable à celle d'un vieux, très vieux rasoir électrique. Je me souviens d'avoir fermé les yeux à ce moment précis. Et d'avoir entendu Trax me prévenir qu'il allait « commencer ». Commencer ? Commencer quoi ?

Alors, répondant dans la seconde à ma question, l'aiguille s'enfonce, rugissante, dans mon dos. De quelques millimètres seulement, cette fois-ci.

Les ailes. C'est lui qui les a gravées sur ma peau. C'est à lui que je les ai demandées. C'est mon dos qu'il a peint et exposé aux yeux de tous.

Je sens son souffle concentré dans le creux de mon cou, il travaille minutieusement à son œuvre. La douleur est infime, l'aiguille est brûlante mais je ne la sens pas. On est au beau milieu de la nuit, deux heures du matin, peut-être trois. Et même très motivé, il est évident qu'il ne fait pas d'heures supplémentaires.

À sentir la douceur de ses gestes sur ma peau, il est certain que nous étions plus que de simples amis. À revivre mes sensations à ce moment-là, nous étions assurément beaucoup plus que cela. J'ai dû l'aimer. Passionnément. J'ignore totalement pourquoi nous nous sommes séparés. Non, bien sûr que non, c'est devant mes yeux. L'aiguille. L'autre. Cette connasse d'aiguille de toxicomane de merde.

Je me rappelle que cette nuit a duré une éternité. Je n'ai plus rien senti que la douceur de ses doigts à partir de cinq heures du matin. Lorsqu'il a eu fini, je me suis tournée vers lui. Le soleil s'était levé depuis plusieurs heures déjà. Une ride avait marqué son front, juste entre ses yeux d'un bleu sombre et cendré. Il s'est étiré et m'a regardée, pleinement satisfait de son travail. Puis il m'a aidée à me mettre débout, je me souviens des moucherons lumineux et irréels qui ont brouillé ma vue durant quelques instants, et je l'ai suivi jusqu'au miroir, posé sur l'un des murs. J'ai regardé son œuvre. Dans les moindres détails, je crois. Et j'ai pleuré, comme je ne l'avais jamais fait. J'ai pleuré sur son épaule pendant de longues minutes. Versant peut-être les litres d'eau salée que j'avais économisés pendant des années. Voire même toute ma vie.

« Tu es mon faiseur de rêves. » Voilà la seule phrase qui a pu sortir de ma bouche. Puis des dizaines de « merci » ont suivi.

Il m'a vraiment aidée en encrant mon dos, et j'ignore pourquoi. Peut-être était-ce une preuve d'amour, je ne sais même pas si je m'en souviendrai un jour.

Je me rappelle qu'il a soigné ce tatouage pendant près de trois semaines. Il a changé mes bandages, il l'a nettoyé, comme on nettoierait une gangrène. Il a entretenu la douleur en le désinfectant chaque jour, pour que je ne l'oublie pas, pour que je n'oublie pas. Oublier quoi ?

— C'est fini, ma belle. C'est fini…

5

— Emma ! Réveille-toi !

Ma belle.

— Oui ?

Je t'ai trouvée, ma belle.

— Emma, réagis ! Ça fait dix bonnes minutes que tu es plantée là, remue-toi, bon sang !

— Mais c'est…

— La boutique de Trax, je suis au courant ! Et après ? Je suppose que des choses te reviennent. Je suppose que tu te rappelles ce fils de bâtard !

— Kay, je ne voulais pas…

— Mais rien à foutre de ce que tu veux ou non ! Tu te souviens de cet empaffé, et moi, rien ! Je n'existe même pas !

Karter est hors de lui. Il gesticule en tous sens au beau milieu de la neige. Comme un pantin fou. Il est devenu fou. Complètement fondu. Je fais quelques pas vers lui, aussi lentement qu'une tortue sur ce sol glissant.

— Qu'est-ce qui t'arrive Kay ?

Il hoche la tête, les lèvres retroussées par la colère. Et, soudain, le ton de sa voix se calme brutalement.

— Il t'a détruite, Em'.

Ces quelques mots prononcés et je revois l'aiguille s'enfoncer profondément dans le creux de mon bras. La douleur puis le flottement. L'enfer et le paradis. Le monde qui devient bleu.

— Il t'a fait plonger. Tu t'es…

— Je sais, Karter.

— Quoi ?

— J'ai vu les marques, les points sur mes veines. Je me suis souvenue de ça aussi.

Il soupire.

— Je sais aussi que tu m'as sortie de toutes ces conneries. Tu m'as sauvée Kay.

— C'est… c'est vrai ? Tu te souviens ?

— Oui, sans toi, je serais encore une…

Il pose ses doigts sur ma bouche, et un faible sourire étire légèrement ses lèvres. Pas la peine d'aller plus loin Em'. J'ai compris.

— Karter, tu fais partie de tous mes souvenirs. De tous les meilleurs en tout cas. Mais ma mémoire me fait mal, et certaines des choses qui me reviennent sont plus que douloureuses. Je n'ai pas envie de les revivre et de te les faire partager en t'en parlant. Tu comprends ?

— Je crois. Tu veux qu'on en parle maintenant ?

— Non, je ne préfère pas. Quand tout sera redevenu un peu plus… « normal », quand tout aura repris sa place, les choses seront peut-être plus faciles.

Il acquiesce.

— Pardonne-moi de m'être emporté, princesse.

— Ce n'est rien. Rien du tout.

Il s'approche et enroule son bras autour de ma taille.

Toute sa force est autour de moi, et toute la tension s'évapore. Je glisse mon visage à l'intérieur de son cou brûlant. Je sens son cœur battre sous sa peau. Rapide. Fort. Son souffle caresse ma nuque, chaud et doux. Je t'aime Karter. Je t'aime.

— Il est l'heure de rentrer, princesse.

— Oui… Mais avant, j'aimerais te demander un dernier service.

NOËL

1

Nous repartons en sens inverse. Le *Dream maker*, la boutique de Trax, s'efface peu à peu derrière nous. La neige crie sous nos pas, et nous restons silencieux en l'écoutant. Nous rejoignons la ruelle. Toujours personne.

Karter enjambe la poubelle renversée sans même y jeter le moindre coup d'œil. Le chat mort est toujours là, humide, les viscères à l'air libre, vidé de sa substance. Je l'enjambe à mon tour, levant les yeux vers le ciel sans étoiles, et priant de toutes mes forces pour ne pas me prendre les pieds dans ce petit cadavre éventré. De nouveau, la place. Toutes les boutiques ont fermé leurs portes. Et plus aucun passant ne hante les rues de la ville à la recherche d'un dernier cadeau. Plus de Père Noël non plus. Rien d'autre que nous et nos pas qui geignent.

Nous pénétrons dans le hall de l'immeuble. L'air glacial siffle entre les fentes de verre brisé à l'entrée. L'odeur du détergent citronné a totalement disparu. Nous montons dans l'ascenseur et Karter nous dirige vers les sous-sols.

Les garages.

Nous déambulons entre les murs de béton recouverts pour la plupart de larges graffitis colorés. Je perçois les couleurs mais je ne les lis pas. J'ignore si je les ai jamais lus.

Les portes de tôle ondulée commencent à se succéder. Certains des garages sont ouverts, vidés de leur contenu.

Et soudain, je bouscule Karter.

Il s'est arrêté.

Numéro 32. Kay plonge la main dans la poche de son manteau et en sort une télécommande. La porte obéit à la pression de son doigt et commence à se soulever en grinçant. Les secondes qui défilent semblent durer des heures, et l'impression est renforcée par le pied de Karter qui commence à battre le rythme sur le sol. Sésame, ouvre-toi.

La voiture est là. Une Porsche Carrera grise. Pas les superbes modèles qui filent à plus de deux cents kilomètres/heure facile, celle-ci est bien trop vieille, ses rhumatismes ne supporteraient pas une telle vitesse.

Je m'avance dans l'obscurité du garage. Au-dessus de moi, de longues toiles d'araignées s'étendent sur toute la largeur du plafond. La soie blanche s'étire en un voile solide, tendu juste au-dessus de ma tête. Les toiles sont loin d'être inoccupées. Je peux distinguer au moins trois créatures brunes, surprises par la lumière. Leurs huit longues pattes fines s'agitent, elles filent sans un bruit vers la profondeur sombre des murs.

La lumière des néons me permet de remarquer une fine rayure tracée sur l'aile gauche de la Porsche. Un jaloux. Ou plutôt un vieux jaloux, du temps où cette vieille carcasse filait encore comme le vent sur les routes de campagne.

Nous embarquons tous les deux à l'intérieur du vieux vaisseau. Contact. Le moteur grogne bruyamment, montrant sa virilité à qui veut encore l'entendre. Puis Karter empoigne le pommeau de cuir et nous reculons. Avec précision, évitant chaque angle traître des murs de béton.

Et nous voilà dehors.

Nous quittons le quartier populaire, traversons le centre des affaires pour finir par les hautes sphères. Là, encore une fois, personne. Tout le monde est en famille pour fêter Noël. J'imagine les grandes tablées, les rires, l'alcool renversé sur les nappes en papier. Les enfants qui s'endorment devant la cheminée) en espérant…

Et puis, les gens comme moi, qui ne connaîtront plus jamais ça. Chez qui la nappe de papier n'épongera pas plus d'alcool que chaque jour qui passe. Où il n'y a pas de grandes tablées, pas de rires. Pas de cheminée. Pas d'espoir.

Nous entrons dans la périphérie, puis les routes s'écartent, pour ne plus laisser place qu'à des chemins solitaires, mangés de tous côtés par ces champs de terre blanchis, creusés de longs sillons sombres et profonds.

Mes yeux se perdent sur les lignes blanches éclairées par les phares fatigués de la Carrera. Elles bercent mes synapses et me reposent un peu, en attendant la suite.

Au bout d'une vingtaine de minutes, la voiture s'arrête, presque violemment, m'arrachant à mes rêveries sans but. Kay a éteint le contact devant un chemin de terre, d'où une haute boîte aux lettres, monstre d'acier à la tête énorme, s'élève, semblant sortir de nulle part. La voix de Karter me transit.

— Ça y est, Emma. Nous y sommes.

Il y a là une borne, blanchâtre dans la lumière des phares, qui appelle mon regard. L'inscription y est quasiment effacée mais il est impossible de ne pas deviner ce qui y est écrit.

Rue Basse-de-l'Église.

Tout à coup, mes tripes se nouent entre elles sans même me prévenir. C'est douloureux. Je ne veux plus y aller, c'est décidé, nous allons faire demi-tour, là, maintenant. Maintenant, j'ai dit. Mais impossible d'ouvrir la bouche, évidemment. Ça aurait été trop beau. Mes doigts se serrent autour du loquet d'ouverture de la portière, tellement fort que de petites lunes blanches se dessinent sur ma paume. Je respire un grand coup, si fort que ce pourrait être marrant dans une autre situation. Ouais, dans une autre situation. Peut-être. Putain, je crève de trouille. Qu'est-ce que j'aurais à lui dire à ce vieux fou ? Et de quoi Lui pourra-t-il bien me parler ? Ça ne sert à rien, ça ne…

— Princesse ? C'est bien l'adresse dont tu m'as parlé ? À quoi, à qui correspond-elle ?

— C'est là qu'habite mon père.

Oh, merde, Emma, tu aurais pu trouver mieux. Au moins y aller en douceur…

— Ton père ? Tu aurais pu me prévenir…

— Oui, enfin… J'ai trouvé un papier avec son adresse et son nom. Voilà. Je ne sais pas s'il pourra m'apporter grand-chose, mais je voulais tenter le coup.

— Tu veux que je vienne avec toi ?

— Non, pas cette fois, je voudrais y aller seule. C'est mon père après tout, qu'est-ce que je risque, hein ?

Mon rire forcé tranche trop avec le silence nocturne.

— Ouais. Comme tu veux, princesse. Je ne bouge pas d'un poil. Au moindre problème : tu cries et j'arrive.

— Ne t'inquiète pas. Tout ira bien.

Je l'embrasse rapidement sur le front et ouvre la portière. Je la claque derrière moi et reprends une de ces grandes respirations ridicules censées redonner tout le courage nécessaire. C'est parti.

Les graviers craquent sous la neige, verrouillant définitivement mes tripes. De toute façon, il y a de grandes chances pour qu'il ne soit pas chez lui. Sa voiture n'est même pas… Eh bien si, elle est là. Tout au fond de l'allée. Bleue ou noire, difficile à discerner dans l'obscurité. Une petite, toute petite voiture. Garée en travers sur le gravier.

Je prie pour que mes intestins me laissent atteindre sa porte. Je prie pour ne pas m'effondrer, pour ne pas hurler en tentant de dénouer le nœud qu'ils ont formé. Mais plus la distance qui me rapproche de sa maison est courte, plus ils me laissent tranquille. Je vais peut-être y arriver. Rien n'est moins sûr. Encore quelques pas et j'y serai. Il est encore temps de partir. Emma, secoue-toi, fais demi-tour, dégage d'ici. Tu n'as rien à faire dans ce coin paumé. Rien du tout.

Mais je suis déjà sur la première marche du perron. Il est trop tard maintenant pour faire demi-tour. Troisième inspiration ridicule. Mon doigt est sur la sonnette. Et mes yeux sont clos. J'appuie.

2

Des pas lourds se rapprochent lentement de la porte. Il doit porter de grosses chaussures de travail. À supposer qu'il ait un emploi. Ou peut-être est-ce son poids qui fait craquer le parquet sous ses pieds. Mon cœur bat plus fort à mesure qu'il avance. Puis je l'entends ouvrir les verrous qui ferment sa porte. Il y en a trois, sans compter la chaînette qui glisse le long du bois après qu'il a tourné la poignée.

Sa bouche marmonne un barbarisme qui doit demander qui sonne à une heure aussi tardive. En gros.

J'ouvre les yeux. Aucune lumière dans le couloir ne me permet de discerner correctement son visage. Je réalise simplement qu'il est assez corpulent, de taille moyenne. J'aiguise ma vue pour au moins tenter de le regarder dans les yeux.

— C'est… c'est moi, papa.

Il recule, cherchant à tâtons dans son panel d'émotions. Il tousse, essaie de reprendre le dessus, de remettre son masque d'homme. Puis il retire la chaînette pour ouvrir sa porte entièrement. Je découvre le couloir, étroit comme une ruelle à putes. Certainement le manque de luminosité. Il appuie sur un interrupteur qui change d'un coup ma vision. Pas une ruelle, un simple corridor, petit, qui mène à plusieurs pièces.

Je vois qu'il a du mal à me reconnaître. Il s'approche pour m'examiner de plus près. Je vois ses yeux, humides et trop clairs, tourner autour de mon visage. Puis ses bras m'enserrent d'un seul coup, ne me laissant même pas le temps de prendre ma respiration. Ses mains moites se collent à mes joues. Il n'aurait pas eu d'autre réaction si j'avais été le Christ lui-même.

— Tu es revenue ma chérie ! Ça fait tellement, tellement longtemps. Comment as-tu fait ?

— C'est une si longue histoire…

— Entre donc, viens t'asseoir avec moi, ma belle Emma. Je vais faire du café, entre.

Je le suis, longeant avec lui cette minuscule entrée, et nous arrivons finalement dans sa cuisine. Une pièce tellement campagnarde qu'elle est l'opposé même de ma propre cuisine. Une grosse table taillée dans du bois brut trône en plein milieu, sur du carrelage fendu par endroits, sale à d'autres. Une vieille odeur de renfermé emplit mes narines. Sa fenêtre ne doit pas laisser entrer d'air bien souvent. Une vieille cafetière tousse à la manière d'un cancéreux, posée sur l'évier en acier. Une odeur pour en cacher une autre. Je m'étonne du contraste entre sa demeure et la mienne, il est tellement évident. M'a-t-il donné toute sa fortune ? Ai-je économisé une pension alimentaire pendant des années pour pouvoir vivre dans un tel confort ?

Je prends enfin place sur l'une des trois chaises en

bois qui entourent la table. Il s'assoit en face de moi et pose une tasse devant chacun de nous. Le silence persiste, rythmé par les hoquets gras de la cafetière. Rien de tel pour garder son calme. Puis la discussion commence. Je lui explique, sans vraiment prendre de gants, ce qui m'est arrivé, le crochet, l'hôpital et la perte de mémoire. Non seulement parce que cela n'a aucun effet sur moi de raconter ça, de quelque façon que ce soit, mais surtout parce qu'ainsi, j'ai trouvé sans réfléchir une raison de venir le voir chez lui. Malgré tout, j'évite soigneusement l'épisode où je perds le bébé. Ses réactions ont l'air d'être tellement vives, je n'ai pas envie de provoquer la crise cardiaque qui tuerait mon père après toutes ces années d'attente.

J'entame ensuite le séjour chez moi. Toutes ces journées d'enfer sans rien apprendre de beau sur ma vie. Je lui parle de Karter, qu'il ne connaît pas encore, puis de Trax, qu'il n'a pas connu du tout. Puis vient Marie Daltrey. Il me répond qu'il lui est rentré dedans pendant des mois sans le moindre résultat. Cela ne fait rire que lui. Je lui dis que c'est elle qui m'a donné cette adresse. Et « me voilà ». Il me dévisage en souriant, visiblement heureux que je sois près de lui. Je vois les phares de la Porsche s'éteindre à travers la fenêtre. Bonne idée Kay, inutile de gaspiller la batterie. Je vais essayer de ne pas le faire attendre trop longtemps, mais c'est tout de même mon père, j'ai besoin d'apprendre quantité de choses sur lui, il peut m'aider. Positivement.

Il a pris ma main, sans que je m'en rende compte. Comment ai-je pu me passer de mon père pendant tout ce temps ? Je lis la même chose dans ses yeux.

— Tu sais Emma, j'ai prié, je ne sais pas, peut-être bien des milliers de fois pour que tu sonnes enfin à ma porte. Que tu me pardonnes enfin. Je n'irai pas jusqu'à dire que je suis content que tu aies perdu la mémoire, mais il faut avouer qu'il y a quelques côtés positifs.

Je suppose qu'il fait allusion à ma mère lorsqu'il parle de pardon.

Sale pute. Salope. Tu l'as bien cherché, hein ?

Sa voix est tellement différente qu'un frisson me transit, parcourant d'un bout à l'autre ma colonne vertébrale. Ce n'est pas possible, il paraît si gentil, si… anodin. C'est un être effacé, il semble faible, incapable de faire du mal à qui que ce soit. Et pourtant. C'était bien son visage, rugissant au-dessus de celui de ma mère. Rouge de colère, rouge de haine. Assenant insulte sur insulte.

Il me sourit toujours, plongeant ses petits yeux noirs dans les miens. Je vide ma tasse d'un trait. Et lui en réclame une autre.

— Parce que ça signifie qu'on repart à zéro toi et moi, c'est bien cela Emma ?

— Je crois.

— Pour que tu viennes à cette période. Dieu nous donne une nouvelle chance ma chérie, tu sais ce que ça veut dire ? C'est Noël, Emma.

3

— C'est Noël demain Emma, il faut aller te coucher maintenant.

— Mais papa, je veux le voir, tu dois me laisser le voir.

— Tu sais, ma chérie, aucun enfant n'a le droit de le voir, sinon tu brises son secret, ou bien, il y a peut-être une solution, mais… non, tu es trop petite pour ça.

— Dis-moi ! Quelle solution ? S'il te plaît ! Dis-moi !

— Et puis Tom pourrait être au courant, et ta mère…

— Papa ! S'il te plaît !

— D'accord, d'accord. Calme-toi ! Il faut que tu te caches derrière la porte du salon à minuit précis. Et là, à la seule condition que tu fasses autant de bruit qu'une minuscule souris, tu pourras l'apercevoir. Mais tu ne dois en parler à personne, tu ruinerais sa carrière.

— Je vais le voir ! Je vais voir le Père Noël !

— Emma ! Sois discrète !

— Je-vais-voir-le-Père-Noël, je-vais-voir-le-Père-Noël, je-vais…

— Emma, tais-toi, voilà Tom et ta mère qui rentrent.

Je sais qu'à ce moment précis, je jubile. Cela va être

extrêmement difficile de ne rien dire à mon frère. Voir le Père Noël, ce n'est pas rien aux yeux d'une fillette de sept ans. Je me souviens de m'être mordu les lèvres jusqu'au sang pour m'empêcher de sourire, car il aurait compris dans la seconde que quelque chose se tramait.

Je me couche à neuf heures ce soir-là, Tom, déjà au lit, ronfle comme un gamin de cinq ans happé par des rêves où le monde doit être sauvé coûte que coûte. Je regarde le réveil égrainer les minutes. Un siècle entier s'écoule entre chacune d'entre elles. Je m'imagine, surprenant le Père Noël en train de poser un cadeau devant le grand sapin du salon. Le regarder, ne pas faire plus de bruit qu'une minuscule souris pour ne pas briser le secret que des millénaires ont conservé. Des centaines d'enfants m'envieront après cette nuit. Peut-être même des milliers. Et je pourrais enfin en parler à Tom, qui ne me croira certainement pas, qui se moquera sans aucun doute de moi. Mais le doute persistera dans sa petite tête. Et si c'était vrai… Et si elle disait la vérité…

Toutes ces idées tournent à l'intérieur de mon esprit, et je souris à l'obscurité jusqu'à ce que la dernière minute s'écoule. Mon cœur bat la chamade lorsque j'enfile mes pantoufles et entame un périple à la vitesse d'une fourmi endormie jusqu'à la fameuse porte. Mes yeux sont habitués à l'obscurité depuis trois heures que je suis éveillée.

Il est là, debout devant le grand épineux. Il se baisse pour poser l'un des paquets lorsque mon nez pousse malencontreusement la porte. Il me fixe avant que je n'aie pu reculer, dressé devant moi, animal imaginaire. Je lui fais face, sans bouger, paralysée par la peur.

J'ai réduit mon souffle à néant maintenant qu'il s'approche de moi. Ses yeux, en une poignée de secondes, se retrouvent à quelques centimètres seulement des miens. Puis il sourit, du moins je le pense car il est plutôt difficile de discerner la moindre émotion devant cette grande barbe blanche.

— Approche petite fille.

Sa voix rauque est impressionnante. On dirait vraiment un monstre légendaire, un lion qui parle ou un truc dans le genre. En revanche, l'odeur qui se dégage de sa bouche est bien humaine. Mais ça, je ne l'apprendrai que plus tard. Plus précisément la première fois où j'entrerai dans un bar. Whisky. Sec.

Puis sa main s'enroule autour de ma petite tête et il m'entraîne avec lui, dans le salon. Là, il pose son index droit sur mes lèvres.

— Il faut que tu me promettes quelque chose Emma.

— Oui, Père Noël ?

— Il faut que tu me jures sur ce que tu as de plus précieux que tu ne diras jamais à personne que tu m'as vu. À personne.

— Je le jure. Père Noël. Sur ce que j'ai de plus précieux.

Tu parles. Demain, toute l'école sera au courant. Sans aucun doute. Mais soudain, le doigt posé sur mes lèvres descend trop vite sur ma chemise de nuit. Sa respiration semble aussi éraillée que sa voix. Rapide, préparant l'attaque. Sa main est posée sur mon cœur, je crois tout d'abord que c'est ma respiration qu'il contrôle, mais il serre plus fort, c'est mon corps qu'il tient. Je suis si frêle entre ses doigts…

— Si tu parles, Emma, je reviendrai. Si tu parles, je te couperai la langue.

C'est entre deux hoquets qu'il balance cette phrase. Entre deux hoquets. Et c'est en le sentant reprendre son souffle dans le creux de mon cou que l'odeur trop forte de l'after-shave le trahit. C'est lui. Mon père. Ses doigts dégueulasses entre mes cuisses. Ses putains de hoquets.

— Si tu ouvres la bouche sale pute, je te tue. Tu l'as bien cherché, hein ?

Et comme à chaque fois, tout s'éclaire. D'un coup.

Je revis la scène. Chacun de ses mouvements, sa peau nue, reptilienne contre la mienne. Ses insultes, c'est à moi qu'il les adressait. Pas à maman.

« Maman. »

Je m'entends murmurer ce mot sans cesse, dans le vide. Pour supporter la douleur infâme.

Elle est partie avec moi. Elle m'a enlevée à cette horreur.

Et ce foutu bruit métallique. La clé dans la serrure. C'est lui qui me sauvait à chaque fois qu'il s'approchait de moi. Dès que ma mère franchissait le seuil, il me lâchait, innocent comme l'agneau. Sale enculé.

Je sais d'où vient tout cet argent maintenant. Dommages et intérêts. T'as déboursé un paquet de fric mon pote. Un sacré paquet.

4

Il sourit. Ce putain de rictus déforme son visage.

Tout repart à zéro, mon cul. Je déglutis bruyamment, ravalant au passage une lampée de bile acide bourrée de caféine. Ses yeux humides ne lâchent pas prise, toujours remplis de larmes dont lui seul connaît l'origine. Peut-être est-ce après dix ans de silence et un procès. Il imagine que sa conscience est libre. Que cela suffit pour que ses démons ne le réveillent plus en pleine nuit. Il se dit que mon pardon signifie la fin de tout ça. Une nouvelle vie pour lui. « Tout repart à zéro, Emma. » C'est bien ça qu'il a osé dire, non ? Il faut être sacrement burné pour prononcer ces paroles. Foutrement burné.

Il croise mon regard et penche la tête. Je vois ses joues molles pendre, lui donnant un air de volaille ridicule. Puis sa main s'approche de mon visage, il veut caresser ma joue. Je rêve.

— On oublie tout ma chérie. On oublie tout.

Ses doigts effleurent ma peau, je ne peux m'empêcher de reculer. Je ne supporterai pas ses mains sur moi une fois de plus.

— Comment as-tu pu faire ça, sale enculé ? Comment ?

Et ses traits changent, son expression se transforme. Il semble déçu, simplement déçu.

— Ah ! Ça t'est revenu comme ça ? D'un coup ? Finalement, tu n'es pas aussi amnésique que tu le dis. Il faut faire une croix sur le passé, Emma. C'est fini tout ça. J'ai changé, tu sais.

Je te couperai la langue.

T'as changé mon salaud ? J'aimerais bien voir ça.

— Tu t'en es tiré à trop bon compte, grosse merde.

— Mais j'ai payé ma chérie. Tu dois le savoir, tout est sur ton compte en banque. Une belle somme, quand j'y pense.

Il sourit. Sacrément burné, ouais.

— T'as payé que dalle. Tu vas crever en prison, gros porc.

Mon calme m'étonne.

— Si tu parles, je te tue petite connasse. C'est clair ?

Je me lève et me sens soudain la force de lui rendre son foutu sourire.

— Est-ce que c'est clair, salope ?

Ma grimace produit son petit effet, il craque.

— Je vais te…

— Tu ne vas rien faire, et tu sais pourquoi ?

Il me regarde et attend visiblement une réponse. Mon sourire est de plus en plus appuyé. Il n'a pas vu mes doigts autour de la poignée de la cafetière. Elle ne tousse plus maladivement. Ça veut dire que c'est prêt, c'est bien ça ?

Ses yeux mouillés se ferment lorsque le verre explose sur son visage.

— Tu es déjà mort, empaffé !

Le café brûlant pénètre ses paupières et emplit la pièce de cris en tous genres. Rien à voir avec l'excitation, hein mon salaud ?

En reculant, l'arrière de sa tête vient percuter l'encart en métal de la porte. Il perd l'équilibre et ses fesses graisseuses viennent s'écraser sur le carrelage fissuré. Ses mains sont collées à son visage, tels deux cataplasmes frais. Mais elles ne semblent pas le soulager. Pas du tout.

— Dégage salope ! Dégage de ma maison, on a assez joué, j'ai compris la leçon. Va-t'en maintenant !

Il pleure. Tout change.

— Non, je n'ai pas assez joué, « papa ». J'en veux encore.

Je m'approche de lui. Je ne crois pas qu'il puisse me voir à travers ses pupilles ébouillantées. Il cache sa tête entre ses bras, comme un gamin.

C'est mon poing qui vient briser l'asile incertain de ses doigts. Sa nuque se cambre violemment vers l'arrière, projetant sa tête sur le parquet du couloir.

— On va jouer, sale enculé ! On va jouer jusqu'à ce que t'en crèves !

Son corps est recroquevillé sur le sol. Il gémit, couine comme un rat pris au piège. Ses yeux sont rouges et gonflés de larmes. Je marche vers cette larve gémissante. Il me craint maintenant. Les rôles sont enfin inversés. Il me regarde avancer en grimaçant. Je me sens capable de tout désormais. De tout. Je le sais. Et il le sait. Je m'agenouille près de lui.

Et le fantôme vient à nouveau caresser ma mémoire.

L'enfant debout sur le parquet. Le sang entre ses cuisses. Thomas, mon petit frère.

— Pourquoi as-tu fait ça ? Tu l'as tué ! J'ai vu tes mains sur son corps. J'ai vu le sang entre ses cuisses. T'as pris ton pied gros lard ? T'as pris ton pied ?

Pas de réponse. Seul un borborygme gargouillant lui sert d'argument. Ça ressemble à un « pardon ». J'en rirais presque. Mais que veux-tu que je fasse d'excuses venant d'un gros cul comme toi ?

Soudain, je sens ses mains se poser sur les miennes pour les serrer fort.

— Lâche-moi, connard ! Plus jamais tu ne poseras tes doigts dégueulasses sur moi, tu m'entends ?

Il serre plus vigoureusement. Je ne pense pas qu'il veuille s'excuser mais plutôt m'empêcher d'agir. Sa mâchoire est contractée, il serre de toutes ses forces.

Mais cette fois, je n'ai plus mal.

— Lâche-moi.

— … oon…

— Lâche-moi grosse merde.

— …ooon !

Mon genou s'enfonce douloureusement dans sa cuisse droite et je gagne. Il desserre d'un coup son étreinte. Mes mains s'accrochent au battant de la porte. Il veut parler.

— Sa'ope.

L'arête en bois de la porte vient s'écraser sur sa tempe. Son poing cogne mon épaule. Une fois. Et le bois de frapper de nouveau.

— Sssa'oo.

— Ta gueule. Ferme ta gueule.

Le bois s'enfonce plus profondément la troisième fois. À la suivante, le sang gicle enfin. Digne jouissance. Le carrelage rougit à vue d'œil. Un nouveau gargouillis s'échappe.

— Tu vas la fermer ta grande gueule ? Tais-toi maintenant ! Tais-toi !

Je sens son poing sur ma jambe, mais ce ne sont plus que des spasmes. Il ne ressent plus la douleur. Je pousse la porte et écrase son visage contre la plinthe, encore et encore. Sa peau est tuméfiée. Sa bouche, pleine de sang et de morve, est légèrement entrouverte. Sans rictus. Enfin.

Il est mort et je m'acharne en braillant, pour ne plus le reconnaître. Jamais. Sept fois, peut-être huit, et je ne me lasse pas.

Tout à coup, vers la dixième attaque, la porte se bloque et ne bouge plus. Pas d'un poil. J'ai dû la casser contre le crâne du porc. J'insiste mais c'est en vain. J'éclate en sanglots et lève les yeux. Le visage de Karter apparaît devant moi. Ses doigts sont enroulés autour de la poignée. Il me regarde puis scrute la scène. Quoi que je dise, je ne pourrai justifier mon acte. Je continue à chialer, assise sur mes talons. Comme si j'avais cinq ans. Je pose mes mains sur le corps qui ne respire plus. Juste pour être sûre. J'empoigne son vieux pull-over et le secoue. Une dernière fois.

Kay ouvre complètement la porte et s'assoit près de moi.

— Qu'est-ce qui t'a pris Emma ? Qu'est-ce qui s'est passé ?

Alors je hurle. De toutes mes forces. Je sens les bras

de Karter autour de mon corps. Et j'éclate en sanglots. Mon visage fond sur son pull, et mes nerfs lâchent. Complètement. Mes mains tremblent, la réalité reprend place. J'ai tué un homme.

J'ai tué un homme.

5

— Emma… aide-moi s'il te plaît… Empêche-le…

Le porc est dans notre chambre, dans notre lit. Le petit pyjama de mon frère a rejoint le parquet. Il est nu contre moi. Je sens ses doigts s'enfoncer dans ma chair. Jusqu'au sang. Mais rien n'est comparable. Aucune douleur. Rien n'est comparable aux gémissements de Tom lorsque mon père est sur lui. Il l'étouffe. Et sa petite main sur ma peau. Sa petite main que j'embrasse en pleurant.

— Je ne peux rien faire, Tom. Je ne peux rien faire…

Cela doit bien faire vingt minutes que je me balance d'avant en arrière, comme une aliénée. Ça ne résout pas le problème mais ça soulage mes nerfs. Le bruit du frigo, aussi lointain que mes oreilles le perçoivent, me berce agréablement.

Finalement, mon regard tombe sur la pendule au verre fissuré par le temps. Il est presque vingt-deux heures. Bordel de merde. Je me demande depuis combien de temps mes fesses s'engourdissent sur ces dalles pourries.

Un sacré bout de temps, apparemment.

Mes yeux dessinent un trajet sinueux des pieds de la table en bois massif jusqu'au corps qui gît toujours, amas de graisse posé à même le carrelage cassé. Son visage présente une grimace incertaine oscillant entre le caprice et la haine.

C'était mon père.

Il doit goûter à l'enfer à l'heure qu'il est.

Savoure-le bien, gros porc.

Karter est accroupi, en train de ramasser les débris de cafetière éparpillés à divers endroits de la pièce. J'ignore comment j'ai fait pour ne pas me taillader les veines. Coup de pot ma vieille. Ouais, si on veut.

Le visage du jeune homme est si contracté que tous ses muscles sont près de trancher sa peau. Ses lèvres sont tendues vers l'arrière, presque comme s'il souriait.

— Qu'est-ce que tu fabriques, Kay ?

Il se retourne brutalement vers moi, surpris par mon réveil. Ses traits se détendent légèrement, et sa mâchoire se desserre.

— Je nettoie les dégâts.

— Mais… Ne touche à rien ! Les flics vont débarquer, ils vont trouver tes empreintes partout.

— Ils ne trouveront ni les miennes ni les tiennes, princesse. On va tout nettoyer. De fond en comble. Aucune trace.

Je me mets à rire doucement. Je ris. Ô mon Dieu.

— Kay, tu crois vraiment que la thèse de la crise cardiaque va être plausible ? Regarde sa tête, bordel ! Elle est complètement… explosée.

— On fera de notre mieux Emma. Tu peux te lever ?

— Je peux essayer. Que veux-tu que je fasse ?

— Ferme tous les volets. Les fenêtres aussi.

— Pour que personne ne nous voie ?

— Pour que les odeurs s'échappent au minimum. Un cadavre peut sentir à des kilomètres à la ronde.

Appétissant. Mais pas bête.

Je me lève donc. Plus ou moins facilement car rester si longtemps immobile a changé mes pieds en deux parpaings aussi difficiles à déplacer qu'un cheval de trait dans la boue. Je fais quelques pas et tout va mieux. Je me dirige à ses ordres vers la fenêtre de la cuisine. Je déploie les volets de bois sombre, enclenche le loquet, puis referme, apercevant au passage mon reflet dans les vitres sales. Mouvement de recul. Mon visage est couvert de sang séché. Des petites gouttes brunes partout sur mes joues, comme des taches de rousseur.

— Qu'est-ce que tu as touché Emma ?

— Laisse-moi me rappeler… La tasse, la petite cuillère. La table aussi, la chaise, la cafetière. Lui… Et merde, la fenêtre.

— Attrape ça ! Et fais attention.

Il me lance un vieux torchon qui devait certainement être coloré à l'origine. On devine simplement des carreaux sur le tissu. Plus aucune couleur. Je l'enroule autour de mes doigts de sorte qu'aucun ne dépasse et ne laisse d'empreinte.

— Princesse, je m'occupe du corps. Prends l'éponge dans l'évier et nettoie tout ce que tu peux.

Je le regarde, abasourdie. Toute tension a disparu sur son visage.

— Karter ?

— Oui Em' ?

— Merci. Encore une fois.

Il hoche la tête, comme si tout cela n'était rien, puis reprend son travail. J'ouvre les robinets et attends que l'eau devienne assez chaude pour y tremper l'éponge. Il devait utiliser la même depuis des années. Elle part littéralement en lambeaux.

Karter s'approche de moi et caresse ma main sous le jet d'eau brûlante. Il secoue la tête et fait claquer sa langue contre son palais.

— Utilise de l'eau froide si tu veux faire partir le sang, princesse.

Il ferme le robinet d'eau chaude et ouvre l'autre en grand, m'éclaboussant légèrement au passage. Le contact avec le liquide glacial réveille peu à peu mes esprits.

Alors je l'entends déplacer le corps derrière moi. Le bruit. Visqueux. Comme lorsqu'on ramasse une tartine pleine de confiture tombée du mauvais coté. Je me retourne. Il est en train de le soulever. Sa tête pivote d'un quart de tour et un peu de sang vient tacher l'encart de la porte.

… La victime a été torturée. Nous avons retrouvé une fine lame de bois encore plantée dans sa tempe droite. Sous l'impact, sa tête a pour ainsi dire… implosé. Emma Kazan, je vous condamne à…

Il faut qu'on s'active. Ce putain de liquide rouge et gluant s'infiltre partout. J'humidifie ce qui sert d'éponge puis y verse une bonne lampée de produit javellisé. Ça devrait faire l'affaire pour le moment. Je lave la table, tellement fort que le bois blanchit presque instantanément sous l'effet de la Javel. Rien de grave. Vu l'état de la maison, les autorités ne remarqueront pas ce détail. Je passe à la chaise. Même topo. Elle devient en partie plus claire que ses semblables. Je frotte la porte du réfrigérateur, je pense m'être appuyée dessus lorsque la cafetière lui a explosé en pleine gueule. C'est inhumain de se sentir si bien après un tel acte. Mais je ne vais pas me gêner après tout. C'est fait, c'est fait. Et si c'était à refaire… Je l'aurais carrément fini avec la cafetière, ce gros lard. Je lui aurais volontiers enfoncé un grand bout de verre brisé dans le…

— Emma ?

— Oui ?

— Dépose la tasse et la cuillère dans le sac-poubelle et vient m'aider à le porter jusqu'à sa chambre, il pèse une tonne.

Si lourd ? Il m'a semblé si petit quand il a ouvert la porte. Mais c'était un monstre dans mes souvenirs. Un foutu croque-mitaine.

Je me dirige vers son corps, désormais incapable du moindre mal. Je prends son bras gauche, aussi mou qu'il soit, et le place derrière ma nuque. Kay a raison. J'aurais même dit une tonne et demie, voire deux. Le cadavre nous soutire à tous les deux quelques cris d'effort. Nous ouvrons non sans peine deux portes avant de tomber sur la chambre. Nous le posons un peu brutalement sur le lit, si bien que sa tête vient heurter le mur, laissant une larme de sang, épaisse, couler lentement le long de sa joue droite. Karter allume la lumière. Il a fait du bon boulot. Excepté ce fin trait sombre, le visage du porc est propre. Complètement défoncé, certes. Mais propre. Son œil gauche est si enflé qu'il semble sur le point de sortir de son orbite. Je prie de toutes mes forces pour que ce ne soit pas le cas. Karter attrape ses pieds pour l'allonger totalement. Ses cheveux glissent sur le papier peint, et une traînée rose apparaît. Seigneur. De la cervelle. Je ravale une seconde gorgée de bile acide et résous le problème avec ma vieille éponge. Puis je laisse Kay pour aller fermer toutes les autres fenêtres de la maison.

Je prends bien soin de ne pas allumer la lumière des pièces dans lesquelles je rentre. L'éclat de la lune est suffisant. Et mes yeux s'habituent peu à peu. Je ne veux pas de nouveaux souvenirs provenant de cette maison. Aucun. Je vais sûrement passer le reste de ma vie en prison, ce n'est pas pour me remémorer les motifs du carrelage de la salle de bains du porc. Je n'ai pas beaucoup mieux dans quoi puiser, mais je n'ai pas besoin de ça en plus.

Tout est fermé. Volets, fenêtres, portes. Je rejoins la chambre. Karter a posé les mains du cadavre sur son ventre. Comme s'il était mort dans son sommeil. Sauf que ça, Kay, ça ne fonctionne que dans les films. Dans les mauvais films.

— Ça ne marchera jamais.

— Il va bien falloir pourtant. Au moins, le spectacle tient moins du gore que lorsque je suis rentré. Mais qu'est-ce qui t'a pris, princesse ?

Je sens les larmes perler aux coins de mes yeux.

Qu'est-ce qui m'a pris ? Si moi-même je pouvais le savoir…

— Lorsque je me suis retrouvée en face de lui, son visage, son odeur… Tout m'est revenu d'un coup. Il m'a fait du mal Kay.

Karter baisse les yeux. Il soupire et gratte sa nuque dans un tic nerveux. Ses lèvres se tordent légèrement.

— Beaucoup de mal.

Je vois ses poings qui se serrent à nouveau, les veines saillir à ses poignets. Et comme les miens, ses yeux rougis par les larmes.

Avant que je ne puisse réagir, son poing est en l'air. Et soudain, toute la rage contenue au fond de lui explose.

Il hurle.

Son poing est levé, serré jusqu'à saigner au-dessus du macchabée. Il le tient au-dessus de lui. Sans bouger. Figé dans une douleur implacable. Paralysé dans sa propre souffrance. Il ne le frappera pas. Il en est incapable.

Alors je tends le bras, simplement pour feindre de retenir son geste. Lentement, comme s'il tenait une bombe à retardement entre ses doigts.

Son attaque avortée, sa main s'écarte, lentement. La bombe est désamorcée. Ses doigts s'abaissent en tremblant. Il ne me voit plus. Juste le corps.

Juste le cadavre du porc devant lui.

— Tu étais au courant Kay ?

Il hoche la tête et plonge son visage entre ses doigts.

— Oui, je sais tout. Je sais ce qu'il t'a fait.

— Karter, je n'ai pas été la seule.

Son petit corps est collé contre le mien. Il tremble

tellement que mon équilibre est instable. Il me serre si fort dans ses bras qu'il m'étouffe. Nous sommes dans le placard de notre chambre. Terrorisés. Nous attendons le croque-mitaine.

— Ne me laisse pas, Emma chérie.

Je sens les larmes couler sur mes joues. Je tremble autant que lui. Et je ne réponds pas.

Je ne réponds pas…

Thomas.

Il a touché mon frère.

Il l'a détruit à petit feu.

Il l'a tué.

— Pourquoi ne m'as-tu pas empêchée de venir ici ?

— Je ne savais pas qu'il habitait là. Tu ne me l'as dit qu'avant de sortir de la voiture.

— Pourquoi ne pas m'avoir retenue ?

— Je… J'en sais rien Emma.

Peut-être voulais-tu que je me venge, finalement. Peut-être m'as-tu laissée y aller parce que tu souhaitais ce qui vient d'arriver. De toutes tes forces, Kay. De toutes tes forces.

Je regarde la scène. Le cadavre à la tête défoncée dort sur sa couverture vert pomme usée. Ses doigts sont emmêlés sur son estomac. Jusqu'à ce que la cavalerie débarque. On a une chance sur des milliers de s'en tirer. Et encore. Il va falloir déménager. Changer de ville. Ou de planète.

— Ça va aller, princesse.

— J'aimerais te croire. Je crève de trouille, Kay. Je ne veux pas finir ma vie derrière des barreaux. Je ne veux pas de sortie quotidienne de dix minutes sur un terrain bétonné. Je ne veux pas mourir dans leurs hôpitaux miteux parce que j'aurai chopé une saloperie en posant mes fesses sur la cuvette de ma cellule. Que je partagerai sans aucun doute avec une tarée comme moi…

— Rien de tout ça ne va arriver, Emma. Rien. Parce qu'on n'a laissé aucune trace. On va partir d'ici et tout ira pour le mieux. Si tu as pu oublier une fois, tu oublieras une seconde fois. Ne t'inquiète pas, princesse.

Il s'approche de moi et me prend dans ses bras. Sa force, tout autour de moi. Sa main descend de mon épaule gauche directement au creux de mes reins. Presque sur mes fesses. Je le repousse, puis le regarde. Il y a quelque chose dans ses yeux que je n'avais jamais lu. Cela semble être de la satisfaction. Il avance son visage près du mien, et colle presque obligatoirement ses lèvres contre les miennes. Ses mains sont sur mes fesses maintenant, aucune confusion possible.

C'est de l'excitation.

Pas de la satisfaction, de l'excitation dans ses yeux. Je m'écarte plutôt brutalement. Je ne sais pas ce qui lui prend. Ici. Devant le cadavre qui saigne encore. Mon cœur bat à tout rompre. S'il voulait me rassurer, c'est plutôt raté. Je m'écarte complètement et colle mon dos contre le mur sale.

Il murmure quelque chose que je ne comprends pas tout à fait. Il ajuste l'édredon d'un geste sec, puis appuie sur l'interrupteur pour éteindre la lumière. Nous voilà dans l'obscurité. Beaucoup moins rassurante, cette fois. Il prend ma main, si bien que je sursaute violemment. Mais aucun autre choix ne s'offre à moi, je le suis. Mon genou heurte une chaise qui se trouve dans le passage. Je crois l'entendre tomber. Je ne la ramasse pas. Pour ce que ça change. Karter attrape le sac contenant les débris de verre, la tasse, la cuillère, la vieille éponge et le chiffon dont même les carreaux ont dû disparaître sous le sang. Il ouvre la porte d'entrée, s'aidant de son coude pour ne pas toucher le métal, puis nous sommes dehors. Le vent rafraîchit mon visage sali, de sorte que le réel reprend peu à peu sa place.

Mon cœur se calme doucement. La porte claque derrière nous. Chaque gravier qui grince sous mes chaussures est un supplice. J'ai besoin de silence. Et vite.

Nous montons dans la voiture. Karter pose le sac en plastique sur la banquette arrière. J'ignore ce qu'il veut en faire. Il saura s'en débarrasser, je n'en doute pas une seconde. Il tourne la clé. Contact. Mon cœur reprend un rythme normal à mesure que nous nous éloignons de la maison.

— Il va falloir faire très attention à partir d'aujourd'hui, Emma.

— On n'a pas trop le choix. Nous allons devoir nous couvrir mutuellement. Il faut penser à partir.

— Oui.

— Oui.

— Demain, j'irai brûler le sac. Plus jamais il ne faudra parler de ce qui s'est passé ce soir princesse.

— De quel soir ?

— Bien.

— Bien.

Nous arrivons aux garages. Karter active la télécommande et le numéro 32 s'ouvre sans protester. Nous voici à la maison. Demain, c'est Noël.

Plus jamais je n'aurai peur de cette fête. Plus jamais je n'aurai peur du Père Noël.

Car son secret est brisé maintenant.

Son secret est brisé.

RETOURNER LA TERRE

1

Noël. Debout devant la grande baie vitrée, je regarde le monde immobile, tout en bas. Il semble que le temps se soit arrêté. Seules quelques lumières provenant des fenêtres voisines indiquent que toute forme de vie n'a pas été totalement éradiquée.

Je suis seule. Karter est sorti, il s'occupe de ce dont il doit s'occuper. Je n'ai plus le droit d'en parler. Tout est bel et bien fini. Et puis, il a peut-être raison : il sera facile d'oublier. Je l'espère. Je me sens presque sereine, dès lors que je ne pense pas à la police. Ils sonneront forcément à ma porte. Pas ce soir. Mais dans dix jours ? Ou quinze ? J'ai la vague impression d'être en phase terminale d'une maladie mortelle et perfide. Je profite de mes derniers moments. Libre. Aussi libre que je peux l'être du haut de ce quinzième étage. Dans cet appartement pas si grand. Avec cette chambre qui fait mal.

Peu importe. Un jour prochain, le plus proche voisin du cadavre sentira une odeur étrange. Il se dira tout d'abord que la pollution est en cause. Il appellera l'administration, car c'est un fervent écologiste. Mais l'administration ne bougera pas le petit doigt. Et l'odeur s'installera, plus forte, écœurante. Il aura envie de vomir le matin en allant libérer sa vessie dans le champ voisin. Puis il lui viendra à l'esprit qu'il n'a pas vu son pote Franck depuis un bail. Il décidera de s'inquiéter. Pas tant parce qu'il a des principes, mais plutôt parce que leurs discussions cochonnes du soir autour d'une bonne bière commenceront à lui manquer. Il se dira qu'il n'a pas eu sa dose de blagues graveleuses cette semaine. Alors il ira frapper à la porte du vieux Kazan, qui aura bien du mal à lui ouvrir depuis sa chambre. Le temps passant, il comprendra que ce n'est pas normal. Il contactera cette fois les autorités. Et les autorités iront frapper à la porte du vieux Kazan. Avec le même résultat silencieux. Ils iront chercher leur pied-de-biche et fractureront la porte d'entrée. L'odeur les prendra à la gorge, si bien que l'un des hommes en uniforme gerbera sur l'herbe trop haute, près des graviers. Les autres entreront dans la maison. L'obscurité leur donnera l'impression que l'odeur est plus rance. Ils allumeront la lumière de la cuisine. Ils verront les différences de couleur sur la table. Lorsqu'ils s'avanceront pour observer ce détail, ils marcheront sur un bout de verre oublié. Puis la puanteur les mènera rapidement jusqu'à la chambre. Jusqu'au corps. Fini les bières autour de la table en plastique rongé du jardin. Fini les discussions cochonnes. Ils trouveront des empreintes. Partout. Puis ils viendront chez m…

Driiinng.

Oh, merde. Pas déjà. Je n'ai pas eu le temps de faire quoi que ce soit. Laissez-moi quelques jours. Juste quelques heures. Pour en profiter un peu. Pour me tirer dans l'île à la mode pour les parrains de la drogue du moment. Pour me noyer dans une mer calme et turquoise.

Drriiiiiiiiiiiiiing.

Mes yeux se ferment. Je prends une grande respiration – toujours ridicule et revigorante –, puis me dirige avec la lenteur d'une tortue arthritique vers la porte d'entrée. Je l'ouvre à contrecœur.

— Emma ! Qu'est-ce que tu fichais, bon sang ?

— C'est que, enfin… j'ai cru…

— Laisse tomber. Aide-moi plutôt à porter tous ces sacs. Le frigo est complètement vide, je me suis dit qu'il était temps de le remplir.

Karter porte trois sacs en papier remplis à ras bord des aliments les plus variés qui soient. Je ris malgré moi. Ce n'est pas encore pour cette fois.

Je tends les bras et attrape l'un des sacs. J'accompagne Kay jusqu'à la cuisine. Lorsqu'il dépose les aliments sur la table, je peux observer ses mains. Ses ongles sont noirs de crasse. Peut-être est-ce le papier du sac qui les a salis. Malheureusement, j'en doute. Il est parti enterrer le corps. Forcément. Il craignait que l'odeur ne se répande trop vite, il me l'a dit lui-même. En parlant d'odeur… comme du vieux métal… elle prend d'assaut mes narines instantanément. Mais il m'a également dit que le sujet était clos. Et le ton de sa voix m'a bien fait comprendre qu'il était hors de question de remettre cela sur le tapis. Je me tais donc et le suis dans le salon. Je n'ai aujourd'hui aucune envie de regarder la télévision. Kay s'y plonge sans problème et s'affale. Il se gave d'émissions de Noël à l'eau de rose, hypocrites et sans intérêt comme à leur habitude. Pour l'heure, miss Potiche annonce les gains en souriant de toutes ses dents trop blanches. Sa minijupe en mohair remonte sur ses cuisses hâlées. C'est étonnant comme ces gens restent bronzés quel que soit le mois de l'année.

Karter ouvre un comics posé sous la table et commence à le feuilleter. Spiderman. L'araignée. Le justicier masqué.

Il m'a touchée.

Il m'a salie. Le porc m'a détruite.

Et je n'ai pas été la seule… N'est-ce pas Karter ?

— Mon frère n'a jamais été décapité dans un accident de voiture ?

Karter relève la tête au-dessus du coussin. Il se redresse et glisse ses pieds sous la table basse. Allons-y, Kay.

— De quoi te souviens-tu exactement, princesse ?

— Il y avait un homme dans mes souvenirs, un homme qui puait la sueur, engoncé dans une vieille chemise à carreaux trempée. Je sais à présent que cet homme était mon père. Il y avait un enfant aussi…

— Pourquoi ne pas m'avoir dit tout ceci ?

— Parce qu'aucun de ces flashes n'était concret, mais maintenant…

— Maintenant ?

— Tout concorde.

Il tousse légèrement et replie ses jambes sous lui, prêt à écouter chacune de mes paroles.

— Je sais qu'il a tué mon frère.

— Emma…

— Je sais qu'il l'a tellement fait souffrir qu'il… qu'il n'a pas supporté. Il devait avoir quoi… sept ans ? J'ai vu le sang couler entre ses cuisses. Il ne pleurait même pas. Il ne pleurait même plus ! Tu comprends ? Il passait au-dessus de tout ça. Et puis un jour…

Les souvenirs se reconstruisent douloureusement. Les images se forment, encore bien trop floues pour être concrètes. Et c'est comme une entaille à chaque mot qui traverse mes lèvres.

— Mon père l'a emmené dans le bois, derrière la maison. C'est la dernière fois que je l'ai vu. Comme un putain de conte de fées à la con. Sauf que l'enfant ne s'en est pas sorti à la fin. Tout est flou. Je revois la porte se refermer sur Tom et puis plus rien… Quand ce gros porc dégueulasse est rentré, sa vieille chemise était en sang. Mais il était seul. Il l'a tué… Il l'a achevé dans ce putain de bois. Et tu veux savoir ? Sur son visage… il n'y avait pas la moindre expression. Rien. Il a fait ce qu'il avait à faire. Ce putain de porc a tué mon frère…

Karter tord ses doigts. Sa lèvre est légèrement pincée. Mes mots lui font mal. J'ignore combien de fois déjà il a pu entendre cette histoire, mais il faut que tout sorte. Cette foutue vomissure est trop lourde pour mon estomac. Alors, je continue.

— Et il a parlé à ma mère lorsqu'il a passé la porte. Elle s'est tournée vers moi et elle s'est mise à pleurer. Elle s'est levée, elle l'a giflé en y mettant tout son cœur. Après, elle a disparu pendant une dizaine de minutes. L'attente la plus ignoble de toute ma vie. Un autre face à face avec le monstre. Il ne m'a pas jeté un seul regard. Il a simplement nettoyé ses mains sales. Pendant longtemps, si longtemps…

— Ta mère le savait…

— Je crois qu'elle s'en doutait, oui. Je crois qu'elle avait trop peur pour réagir. Dans mes souvenirs, j'ai toujours associé ma mère à un bruit de métal. Je sais maintenant ce qu'il représentait.

— De quoi parles-tu, Emma ?

— Sa clé. La clé de ma mère. C'était ce bruit à chaque fois qui nous tirait des griffes du croque-mitaine. Lorsqu'elle pénétrait dans la serrure, il s'arrêtait. Il nous laissait tranquilles. Comme un vrai chien de Pavlov, complètement conditionné par le tintement du métal.

— Et ensuite ?

— Ensuite, ma mère est redescendue, une valise pleine à craquer dans chaque main. Ses yeux mouillés m'ont regardée, alors j'ai compris. J'ai compris qu'on n'avait plus rien à foutre dans cette maison. J'ai jeté un dernier coup d'œil à mon père. Ses mains étaient toujours sous l'eau, Il avait frotté si fort qu'elles étaient écarlates. Propres, ridées et rouges de douleur.

La main de Karter frôle ma nuque. La vomissure tout au fond de moi a disparu. Le porc est mort. Mort et enterré.

— Tu te souviens de ce qui s'est passé ensuite ?

— Vaguement… Je sais qu'il n'y a jamais eu la moindre enquête. Les flics n'ont pas levé le petit doigt. Je sais que ça a été très dur pour elle et pour moi. Que la plupart des fois où je passais la porte, elle était complètement ivre, affalée sur le canapé du salon. À regarder la…

Karter hoche silencieusement la tête.

— La télévision. C'est pour ça que je suis insomniaque, Kay ?

— Oui, princesse. Tu regardais l'écran toute la nuit pour veiller sur elle, et parce que, chaque fois que tu te retrouvais seule dans ton lit, c'est l'odeur de ton père que tu sentais tout autour de toi.

— Et elle ? Elle s'est suicidée ? Tu as menti là-dessus aussi ?

Il soupire bruyamment.

— Non Emma, ta mère a avalé un tube de somnifères avec une bouteille de vodka. C'est toi qui l'as trouvée en rentrant chez toi. Il y a cinq ans maintenant.

Je me souviens du corps de ma mère, enroulé dans les draps. De l'odeur d'alcool lorsque je suis entrée dans la chambre. Et de son visage, de ses yeux, ouverts sur le vide. De sa peau, marbrée par la chaleur. Et de ses cheveux, blanchis par trop de mauvais démons, tombant en fines boucles humides sur ses épaules nues.

Un éclair fugace poignarde ma mémoire. Je vois quelque chose sur la table de chevet, près du corps sans vie de ma mère. Pas une lettre, simplement trois mots écrits avec force au feutre noir sur un bloc de papier. Le brouillard s'estompe lentement à l'intérieur de ma tête jusqu'à ce que je puisse enfin distinguer l'écriture sombre et franche.

AVEUGLE ET SOURDE

Les trois mots résonnent contre mon crâne.

Aveugle et sourde.

— Elle n'a pas réussi à le sauver.

— Crois-tu vraiment qu'elle ait essayé ?

Je hausse un sourcil vers l'homme aux baskets rouges.

— Je suis désolé, princesse.

Je soupire.

— Il fallait bien que je l'apprenne un jour ou l'autre. Aujourd'hui ou demain, cela ne change plus grand-chose.

Sa bouche se tord et je me fraye un chemin entre ses bras. Sous ma tête, son torse se soulève à intervalles réguliers. À l'intérieur de son corps, les battements lourds et forts m'appartiennent. Ceux-là mêmes qui me font oublier ma vie. Et qui, paradoxalement, sont les seuls à me faire croire encore que je suis vivante. Ceux-là mêmes que je n'entendrai plus jamais une fois en prison. Ma tête n'aura plus pour seul support que les cuisses d'une vieille lesbienne que je paierai en cigarettes pour qu'elle me prenne dans ses bras une fois de temps en temps.

— Tu l'as enterré n'est-ce pas, Kay ?

— Quoi ?

— Le cadavre, tu l'as enterré ?

— Emma, tu avais promis de ne plus aborder le sujet.

— Oui ou non ? Je veux simplement savoir.

Les battements accélèrent leur course à mon oreille. Qui va gagner ? Ventricule droit ? Ventricule gau…

— Non.

— Non ?

— J'ai juste fait brûler le sac-poubelle.

J'ai juste fait brûler le sac-poubelle. Putain, Kay, le corps est en train de pourrir dans une maison aux fenêtres vérolées par la moisissure. Dans dix jours, on est bons pour la cabane.

— Tu veux qu'on le fasse, princesse ?

— Qu'on enterre le corps ? Je ne sais pas si j'en suis réellement capable.

— Lève-toi. On y va.

Pour quelqu'un qui ne voulait plus jamais en entendre parler, tu as l'air quand même pas mal intéressé par le sujet.

Cette fois, je glisse mes pieds dans des baskets, beaucoup plus confortables. De vrais chaussons. Mon manteau. Fermeture des portes. Ascenseur. Garage n° 32. Nous voilà dehors.

J'ouvre légèrement la vitre pour laisser passer un peu d'air frais. L'odeur sur les doigts de Karter est écœurante, cela ressemble vaguement à de l'ammoniaque. J'ignore quel produit il a utilisé pour détruire le sac, mais ce doit être efficace.

Nous nous éloignons de la ville et reprenons les chemins bordés par les champs blanchis de neige. J'espère que nous prenons la bonne décision. Et si quelqu'un nous voyait là-bas ? Si quelqu'un entendait les vibrations de la pelle contre la terre ? Je ne sais même pas s'il possédait une pelle…

Brutalement, la voiture entre dans l'allée, rue Basse-de-l'Église, dans un dérapage plutôt bien contrôlé.

Kay se place juste derrière la petite voiture garée en travers sur le gravier. Finalement, elle est bien bleue.

Nous entrons par la porte, qui n'est pas fermée. Malgré le froid, l'odeur emplit déjà toute la maison, pénétrant dans mes narines avec force. Je plaque une main contre ma bouche, sorte de bouclier inutile mais rassurant. Kay part devant et atteint la chambre bien avant moi. Il entrouvre la porte et la puanteur se déploie comme un large voile sur nous, sur notre peau, s'immisçant dans chaque ride, dans chaque pli de tissu. Partout.

Je relève le bas de mon pull jusqu'à la moitié de mon visage. De vieux abats dans un frigo. Ce n'est pas pire que de vieux abats au fond d'un Frigidaire. Cette pensée ne me rassure pas, mais j'avance tout de même. Il fait chaud dans cette baraque. Nous avons totalement oublié de couper le chauffage en partant hier. Nous aurions peut-être dû.

Karter attend, devant la porte ouverte, le nez enfoncé à l'intérieur de son bras. Il souffle pour se donner du courage et entre tout entier dans la pièce. Je le suis, à mon rythme.

L'embrasure de la porte m'effraie. Et si le corps n'était plus là ? Je n'entends plus Karter… Et si les flics étaient déjà là à nous attendre ? Et si… Arrête Emma, merde !

Je pénètre à mon tour dans la chambre.

Le corps est toujours là, mais quelque chose est légèrement différent, comme s'il avait bougé. Il s'est affaissé, recroquevillé sur lui-même. Nous tournons autour du cadavre, lentement, en silence. Comme deux charognards. Nous nous approchons doucement. Il est avachi sur lui-même, le visage replié sur son buste.

Je m'avance, plus près, jusqu'à ce que l'odeur soit presque insoutenable. Il fait si chaud ici…

Alors je vois son visage, les déformations sur ses tempes bleuies. De fines auréoles rouges décorent ses oreilles, entaillées par endroits. Ses yeux sont totalement immobiles sous ses paupières. Il est mort. Complètement crevé. Je remarque une mouche, invitée surprise qui danse autour de lui, de son corps inerte. Elle attend la pourriture. Elle se nourrit de chaque plaie, de chaque ouverture bien saignante. Son bourdonnement hypnotique enveloppe ma tête. Elle se cogne contre la peau molle du macchabée, plongeant sa trompe dans sa peau béante.

— Il faut commencer Emma, il n'y a pas de temps à perdre.

Bonne idée, Kay.

Nous attrapons le cadavre sous les bras, et son corps gonflé glisse entre nos doigts. Nous resserrons notre étreinte. Le corps se soulève doucement. Il pèse des tonnes. Je sens déjà la sueur perler dans le bas de mon dos. Nous longeons le couloir trop étroit, penchant sous le poids du corps. Karter pousse du pied la porte d'entrée qui vient discrètement s'arrêter contre le mur.

Nous sommes dehors. L'air vif nettoie mes narines de ces remugles immondes. Mais je tiens toujours le macchabée. Il faut l'enterrer, maintenant. Il faut trouver un endroit. Le jardin se trouve derrière la maison, plus que quelques mètres à faire avec ce poids sur les épaules. Ils mettront plus de temps à le retrouver. Probablement.

Comme si elle nous attendait, une pelle est posée contre le mur. Entre une pioche et une sorte de long appareil en métal pointu dont l'utilité m'échappe. On s'en fout, Em'.

Karter commence à creuser le premier. Son torse nu révèle à nouveau ses muscles trop tendus. Il met une telle rage dans chacun de ses mouvements… La neige a fondu. Ce sera rapide. Quelques gouttes de sueur caressent la Reine rouge. C'est bientôt fini, Kay. Je saisis la pioche et lui apporte une maigre contribution. Je n'ai pas donné dix coups de pioche que le trou est déjà assez grand pour y glisser le corps du gros lard.

Nous l'empoignons par ses quatre membres cette fois. Il sera plus facile à positionner ainsi. Alors nous le lâchons. Et… oh mon Dieu…

— Kay…

Il a ouvert les yeux. Il me regarde. Il n'est pas mort ! Il n'est…

— Ce n'est rien, princesse.

Karter descend dans le caveau de terre et passe sa main sur le visage du porc. Ses yeux se sont simplement ouverts avec le choc. Garde ton calme Emma. On va se tirer de là. Dans quelques minutes, on sera de retour à la maison. Ce ne sera plus qu'un mauvais souvenir. Un parmi tant d'autres. Une broutille.

Je lâche la pioche, et de mes mains, le recouvre de terre. Je ne veux plus voir son visage. Plus jamais. Je jette la terre en grandes giclées dans le trou et Kay m'aide avec la pelle. En quelques minutes, le corps est recouvert, légère colline de terre dans ce jardin plat. Pas le temps de fignoler. Et on verra plus tard pour l'épitaphe.

2

La Porsche nous attend. Je jette un coup d'œil alentour. La maison est vraiment isolée, et le seul autre bâtiment que je peux apercevoir est une vieille grange qui semble être située à plus de cinq cents mètres.

Aucun voisin à l'horizon. Cela ne nous laissera que plus de temps.

Nous prenons rapidement place à l'intérieur de l'ancêtre de luxe et Karter met le contact. Je frotte mes mains l'une contre l'autre pour en retirer les derniers résidus de terre et réalise que ma peau est écorchée, juste au-dessus du poignet. La douleur est presque inexistante, un léger picotement. Simplement pour que je n'oublie pas ce qui s'est passé ici.

Nous suivons les champs blancs et rejoignons la ville, puis les garages, et enfin, l'appartement. La télévision toujours allumée nous accueille. Je suis complètement épuisée. Je m'assois juste quelques minutes, le temps de reprendre mes esprits.

Sur l'écran, un documentaire animalier. Rien de tel pour revenir au calme. Un troupeau de gazelles est en train de s'abreuver autour d'un lac presque asséché.

Les herbes mortes s'étendent sur des kilomètres, et la moindre source d'eau devient vitale.

Un peu plus loin, on peut apercevoir un renard famélique, tapi derrière les broussailles sèches. Il est minuscule face au troupeau. Mais la faim le motive. Il se sent plus fort devant la masse. Il avance rapidement, jusqu'à ce que le troupeau le remarque. Jusqu'à ce que la panique s'empare de chaque gazelle. La masse entière se met à courir entre les herbes sèches, entre les arbres, aussi vite que soudainement. Et le commentateur prend un air grave.

Trop vite.

L'une des gazelles percute un arbre si violemment que sa nuque se brise sur le coup. Le renard disparaît. La gazelle devient l'actrice principale et éphémère de ce film d'improvisation. Elle titube pendant quelques secondes, les nerfs contractés par le choc. Puis elle s'effondre, le cou tordu dans une pose improbable à angle obtus. Elle mourra, la voix *off* est formelle.

Il faut que je prenne une douche. Maintenant.

Je me lève d'un bond et monte à l'étage. La salle de bains. Radio position *ON*.

La voix écorchée d'un vieux chanteur de rock couvre le flux d'eau brûlante.

Je retire mes vêtements souillés de terre humide et me glisse sous le jet. Des volutes de fumée envahissent bientôt la pièce si bien que je ne distingue plus vraiment le contour exact de chaque chose. Et soudain, dans un souffle, les volutes dansent. La porte s'est ouverte.

Kay est là, devant moi, qui observe ma nudité. Il s'avance vers moi et embrasse ma peau humide. Ses mains glissent dans mon dos et parcourent mon échine. Minutieusement. Il prend soin de chaque détail. Il retire son pull noir, puis le reste de ses affaires rejoint le parquet. Sa peau se colle à la mienne et ses mains, autour de mon bassin, me serrent contre son corps.

Je sens sa langue glisser dans mon cou. Je ferme les yeux. J'ai envie de lui. Là, maintenant, sans cadavre autour. Que nous, et nous seuls. Il le sait et resserre son étreinte autour de moi.

— J'ai peur Kay. Je ne sais plus…

— Ne t'inquiète pas princesse, tout va bien se passer. Je suis là maintenant.

D'accord, mais vas-y doucement, je t'en prie… Ne me fais pas mal. Je ne veux plus avoir mal. Je ne…

La douleur.

Elle s'insinue en moi. Serrée. Puissante. Sèche. Chaque coup de reins est un coup de poignard tout au fond de moi. La souffrance bute, alors elle recommence. Encore et encore. Jusqu'à me déchirer tout à fait.

Mes mains retiennent tout le poids de mon corps en agrippant ce qu'elles peuvent pour que je ne m'écroule pas. Je reste silencieuse. Ça va s'arrêter. Il faut que ça s'arrête. Les secondes s'étalent. Je gémis sous la dernière impulsion. Son corps brûlant glisse contre le mien. Il se retire et je vacille.

Mes yeux sont toujours clos. Je sens ses lèvres sur les miennes, vaguement. Mes jambes sont engourdies, mes genoux tremblent et mon ventre semble peser des tonnes.

— Ça… ça va, princesse ?

— Ça va aller. Je ne pensais pas que ce serait si douloureux. Je… Je peux rester un peu seule maintenant, s'il te plaît ? J'ai besoin de…

— Je comprends. Je te laisse tranquille. Appelle-moi, si ça ne va pas.

— Oui, oui Kay.

Il enjambe la baignoire, remet ses affaires, me jette un dernier regard et sort.

L'atmosphère est irrespirable. On ne voit plus rien à dix centimètres. J'ouvre la fenêtre au-dessus de moi. L'air entre et avale la fumée. Autour du siphon, à mes pieds, l'eau est légèrement colorée. Je glisse la main entre mes cuisses. Du sang. Un mince filet rougeâtre coule entre mes doigts. Ma tête tourne, de plus en plus vite. Je me lave rapidement, frottant le savon si fort sur ma peau qu'elle rougit en un clin d'œil. Je ferme le jet d'eau puissant et sors de la douche. J'enfile des vêtements propres et redescends au salon.

Karter est là qui m'attend, affalé sur le canapé, le bras glissé derrière sa tête. Je m'assois près de lui, prends la main qu'il me tend et laisse mon regard s'évader par le balcon. Il s'endort rapidement au son des musiques sucrées que chaque chaîne arbore. Mais je n'entends plus la musique. Mon esprit est dehors. J'ai l'impression de sentir chaque flocon tomber sur mon visage.

À travers les fenêtres de l'immeuble d'en face, je vois d'autres vies s'étaler. Trois enfants jouent sagement avec les jouets qu'ils ont reçus ce matin même. Derrière d'autres carreaux, une petite fille trace un dessin sur la buée qu'elle forme en soufflant doucement.

À l'intérieur d'un autre appartement, quelques étages

plus haut, deux personnes âgées discutent, assises dans leur fauteuil modulable qu'elles ont dû payer une fortune dans un catalogue de vente par correspondance. Le débat a l'air plutôt animé. Le couple semble parler fort, des doigts arachnéens s'agitent en tous sens. À part ces quelques personnes, tout est calme, presque mort. Rien ne bouge au-dehors, pas un brin de vent.

« Mon beau sapin », entonné par la chorale du *Moulin aux Millionnaires*, me ramène brutalement à la réalité. Karter dort profondément près de moi. Sa tête est enfoncée à l'intérieur de son bras comme s'il voulait se protéger de quelque chose dans son rêve. Sa respiration est rapide. Je pose ma main sur son visage et caresse sa peau. Son souffle s'apaise, il devient plus calme. Ses démons le laissent tranquille. Au moins pour le moment. Ses doigts s'accrochent aux miens l'espace d'un court instant. Je pense qu'il a de nouveau tenté de se laver les mains. Sans résultat, bonhomme. Ses ongles, en particulier le pouce et l'index, sont striés de noir. À y regarder de plus près, même les plis de sa peau, au niveau de ses articulations, recèlent une multitude de minuscules points bruns.

Soudain, ses doigts émettent quelques mouvements saccadés, comme pour me narguer. Comme pour me prouver que les monstres de son sommeil ne l'ont pas lâché, qu'ils lui mordillent les orteils. Et qu'ils n'arrêteront probablement jamais.

« Demain, la neige tombera à nouveau sur toute la moitié nord du pays, et un… »

25 décembre. La date scintille en bas de l'écran, sous la robe façon Mère Noël dominatrice de la présenta-

trice météo. Impossible de décoller mes yeux de ces chiffres.

2 5 1 2

Ils tournent, changent de place, se mélangent dans ma tête. J'ai tout de même choisi le bon jour pour ma vengeance.

1 2 2 5

Merde. Je connais ces chiffres… Oh, quelle imbécile ! Pourquoi n'y ai-je pas pensé plus tôt ? Mais quelle idiote, bon sang ! Je me lève, prenant bien soin de ne pas réveiller Karter. Je ravale mon impatience pour ralentir au maximum tous mes gestes. Il se retourne vers l'intérieur du sofa et, d'un grognement, me rassure. Morphée le tient, et il le tient bien. Je marche du salon vers le couloir, puis du couloir vers l'atelier. L'ordinateur poussiéreux me fait face. À nous deux, sale bête ! Je m'assois sur le fauteuil déchiqueté par les griffes de Lillard. J'appuie sur l'interrupteur. La machine se met à ronronner doucement. Un bip et l'écran s'allume. L'eurasier sur l'écran est vite caché par la fenêtre grise. Les mentions « nom d'utilisateur » et « code d'entrée » apparaissent sous mes yeux. Les mots me défient. Je souris aux lettres, persuadée que je tiens la solution cette fois. J'entre mon nom. Pour ça, pas de problème. Puis je tape les quatre chiffres, lentement. Mon index effleure la touche « entrée » puis s'arrête brutalement. Que vais-je encore trouver ? Je sais que Kay n'avait pas accès à cet ordinateur, j'en suis sûre. Donc tout ce qui est là-dedans ne concerne que moi et moi seule. Mon doigt hésite quelques secondes puis j'enfonce la touche de toutes mes forces, comme si cela pouvait me donner du courage.

Tout à coup, les icônes remplissent l'écran. Tous les fichiers concernant les animaux de la clinique doivent être là. Le procès aussi. Des dizaines de dossiers sont soulignés de noms abrégés dont je devais connaître la signification avant « l'accident ». Impossible de les déchiffrer pour l'instant.

J'ouvre quelques dossiers et découvre sans étonnement des informations sur les centaines d'animaux qui ont séjourné plus ou moins longtemps à la clinique. Poids, régime, maladie, traitement, évolution. Pour quelques-uns, tout se termine bien. D'autres, en revanche, finissent beaucoup plus mal. Comme autant d'histoires. Mais un dossier se détache du lot. Un chien. Un vieux chien de quatorze ans. Max. Son nom est inscrit en rouge. Tout en haut de la page, de la même couleur criarde, ce sont les mots « Dossier origine » qui attirent mon attention. Mon cerveau réagit immédiatement. C'est ce chien qui a introduit le virus dans la clinique. Celui-là même qui a décimé en quelques semaines seulement tous les occupants des cages. Et si, à l'écran, la case « maladie » reste vide, c'est que je n'ai jamais pu la détecter. Je n'ai jamais su ce que c'était. Cette putain de tumeur qui a tué tous mes animaux.

Ça commençait toujours de la même façon. Des vomissements, de plus en plus répétitifs. Puis le sang faisait son apparition. Dans les selles, dans les vomissures qu'il fallait nettoyer plusieurs fois par jour. Ensuite, c'est leur nourriture qu'ils délaissaient. Les rations d'eau restaient pleines. Enfin, après soixante-douze heures environ, les convulsions. Cela arrivait n'importe quand, sans prévenir. L'animal crachait des gerbes de sang. Parfois tant que même le carrelage en était arrosé. Il tombait d'un seul coup sur le côté, pris de spasmes violents. J'ignore s'il souffrait, mais si c'était le cas, au moins cela ne durait pas longtemps. Cinq minutes, tout au plus.

Max est mort le premier. Sans grande surprise. Puis, les plus faibles y sont passés, les chiots, les chatons. Toutes les plus petites espèces. Jusqu'à trois ou quatre certains jours. C'était un calvaire pour les yeux, mais les odeurs étaient ce qu'il y avait de plus dur à supporter. Nous avons été obligés de brûler des dizaines de cadavres. Dans la presse, les journalistes ont donné un petit nom à notre clinique : *« Dogschwitz »*. Sans doute ont-ils trouvé la comparaison de bon ton. La chaîne locale a pris le relais dans les semaines qui ont suivi. Et le procès a commencé. Je me souviens de menaces de mort écrites et hurlées. La maladie n'a jamais été contractée par les humains. Grâce à ça, leurs prières n'ont pas été exaucées.

Je me rappelle Max, le jour où nous l'avons accueilli. Il était sagement assis sur le pas de la porte. Un bâtard chétif et tremblant. Évidemment, nous avons tout tenté pour le soigner. Il est mort un soir, dans une flaque de sang, son propre sang, la langue à moitié rongée. Je ne l'ai pas vu mourir. Je l'ai appris le lendemain matin. J'ai pratiqué l'autopsie. Sans rien trouver. Rien. *Nada*. J'ai cru les journalistes lorsqu'ils m'ont traitée d'incapable. J'ai voulu fermer la clinique, les mises en demeure et la justice l'ont fait pour moi.

Tout est si précis dans mon esprit, comme si tout cela s'était déroulé hier… Je revois les corps désarticulés gesticuler hideusement. Je vois les yeux révulsés des chats chercher de l'aide dans le vide, pour s'étouffer dans leurs propres sécrétions.

Je ferme le dossier. Mon ventre est douloureux. Je regrette d'avoir composé ce foutu code pour venir fouiller ce disque dur. Je pensais peut-être trouver autre chose. Des souvenirs heureux pour une fois. Je ne sais pas si je pourrai en avoir un jour.

Je tente ma chance une dernière fois. Avant que Kay ne se réveille, et ne me surprenne ici. Mon doigt appuie sur la souris.

Une seule fiche compose cette fois le dossier. Et pas des moindres. Lillard. Mon cher Wild Bill. Il est bien indiqué que je l'ai découvert sur mon propre paillasson. Il n'avait que quelques mois à vue d'œil, cinq, peut-être six. Et ce sont ses hurlements qui tranchent ma mémoire. Je me demande encore comment il pouvait être conscient, il était allongé sur le côté, les pattes avant raidies par la douleur. La petite pancarte de papier pendait à son cou : « Pour toujours ». Je n'ai compris pourquoi du sang séchait sur les dalles de l'entrée que lorsque j'ai regardé de plus près le corps du chaton. J'ai alors vu ses pattes arrière, complètement déchiquetées. Brisées à l'inverse du sens normal. Net. Je pouvais distinguer deux os saillants, comme deux nouveaux membres qui auraient poussé d'un coup. Bien blancs au milieu de tout ce sang. Lillard avait dû les lécher. Je me souviens de mes mains qui tremblaient tellement fort que j'ai eu peur de le laisser tomber avant même de le prendre entre mes doigts. Il est tombé dans les pommes, dans un coma de chat, dès que je l'ai soulevé à quelques centimètres du sol. J'ai couru chercher un bout de tissu, une serviette de bain, il me semble, pour protéger son corps minuscule. Puis j'ai couru encore. Jusqu'aux garages. Jusqu'à la Porsche. Je savais conduire. Je filais même comme le vent.

J'ai soigné le chaton. Et m'y suis presque immédiatement attachée. Je n'ai pu faire autrement que de le garder. Tout revient si facilement. Pourquoi cela ne peut pas être pareil pour tout ?

La fiche de Lillard est la même que celle que j'avais trouvée dans le tiroir du bureau, à l'exception près que cette fois, l'en-tête est présent. La fameuse tête de chien apparaît, haute et puissante. Avec un petit cadeau en bonus. De ceux qu'on trouve sans s'y attendre dans les paquets de lessive qui lavent plus blanc que blanc. Parfois, c'est une gomme, laide et basique, pour écolier averti. Mais il arrive qu'on tombe sur la dernière petite voiture turbo qui fait fureur, celle que tous les copains rêvent de posséder. Cette fois, c'est un de ceux-là.

Il s'agit d'un plan. Celui qui mène à la clinique vétérinaire. Tout y est indiqué, fléché, entouré. Impossible de se perdre.

Reste à prier pour que je sache encore me servir d'un volant. Ce doit être comme le vélo, ça ne s'oublie pas ces choses-là. Mais mes neurones me font tellement défaut que je ne sais même plus sur quoi compter.

Le dossier fermé, j'éteins l'ordinateur. Un nouveau bip et le ronronnement s'arrête. Il me rassurait presque. Maintenant, le silence.

3

Il faut que j'y aille, et vite. Avant que Karter ne se réveille. Avant qu'il pense à me suivre.

Je me lève et embrasse Lillard, affalé comme un roi sur un meuble bas du couloir. J'enfile silencieusement mes petites chaussures. À croire que je ne possède que celles-là : impossible de mettre la main sur la moindre paire de baskets. Elles sont couvertes de sang. Je ne les ai pas nettoyées. Je frotte de toutes mes forces avec mes doigts, mais cela ne suffit pas, le sang sec décide de rester. Il en sera ainsi pour le moment, car le temps me manque sérieusement. J'emprunte la télécommande des sous-sols, rangée soigneusement dans la poche intérieure de son manteau.

Kay me fait plus confiance qu'il y a quelque temps. Je réalise cela en voyant les clés, bêtement enfoncées dans la serrure de la porte d'entrée. Je les serre entre mes doigts et manque de mourir de peur lorsque le téléphone retentit soudain, à moins d'un mètre de moi. Il est posé à l'entrée même du salon. Une chance. Je n'attends pas la seconde sonnerie pour décrocher le combiné et le porte rapidement à mon oreille.

— Mademoiselle Kazan ? Emma Kazan ?

— Oui. Qui est-ce ?

— Inspecteur Manzarek, mademoiselle.

Bordel de merde. On y est. Ils ont déjà trouvé le corps. Nous avons fait trop de bruit. Quelqu'un nous aura entendus. Forcément. Je regarde Karter. Sa position a légèrement changé. Il est toujours endormi.

— Mademoiselle ?

Je n'ai plus le temps de préparer mes valises. Je ne foulerai jamais le sable trop blanc de la dernière plage à la mode. Ils doivent déjà m'épier. Je vais croupir tout le reste de ma vie dans une petite cellule de béton maculée de dessins obscènes.

— Mademoiselle Kazan ? Vous êtes toujours là ?

— Oui, inspecteur, je n'ai pas raccroché. Mais peut-être aurais-je dû… Que puis-je pour vous ?

— Nous devons vous voir au plus vite. C'est urgent. Je suis au commissariat de la zone Nord, je vous attends. Je peux compter sur vous ?

— Je suppose que je dois vous répondre oui, inspecteur Manzarek.

— Très bien, mademoiselle Kazan.

Ils demandent aux condamnés de se rendre eux-mêmes maintenant ? La police a bien changé.

Si je ne me rends pas au commissariat tout de suite, que vont-ils me faire ? Me coller deux balles en pleine tête ? Probablement. Ce doit être la nouvelle méthode.

L'inspecteur a raccroché mais le combiné reste collé à ma main. Je regarde les trous minuscules et sans fond, ceux-là mêmes qui ont dû recueillir maintes conversations inutiles. Le fil entoure mes doigts. Je les délivre délicatement puis remets l'appareil sur son support sans faire de bruit.

Je vais peut-être prendre mon temps finalement. Et Karter ronfle fort à présent.

J'enfile mon manteau et me saisis de la télécommande avant de refermer doucement la porte derrière moi.

L'ascenseur met des heures à atteindre le quinzième étage. Lorsqu'il s'ouvre enfin, c'est un jeune couple qui en sort. Ils me scrutent, me regardent de travers et ne me saluent pas. Un bon voisinage, des gens bien sous tout rapport. Il est vrai que je dois jurer dans ce décor avec mes cicatrices au visage.

J'entre dans la cabine à éclairage tamisé et évite le miroir comme à mon habitude. Je ne peux pas me regarder en face. Pas avec ce que j'ai fait. J'ai tué un homme. Seigneur. On l'a allongé comme s'il piquait un simple roupillon. Et puis on l'a enterré. Comme on enterre un hamster dans un jardin.

Les portes me libèrent et je cours vers le premier arbre rempoté dans le hall pour vomir une giclée de bile jaunâtre sur son tronc. J'essuie le filet de salive qui nous unit moi et l'arbre malchanceux. Mon ventre est douloureux et je grimace sous une seconde crampe, mais cette fois, le ficus rempoté a plus de chance.

Il faut prendre l'escalier pour accéder aux sous-sols. Il est sombre et sent mauvais. Sans doute les bourgeois encanichés des beaux quartiers qui ne veulent pas salir les si belles rues de la ville viennent-ils ici pour faire faire leurs besoins à leurs chiens minuscules.

L'odeur de l'essence, lourde et piquante, prend le relais lorsque j'arrive aux garages. Numéro 32. La porte grince lorsque j'active la télécommande. La Porsche apparaît, comme un animal dompté et docile. Vieux aussi, mais encore prêt à rugir.

J'entre et ouvre la portière. Je me glisse à l'intérieur, sentant sous mes doigts la fraîcheur du cuir usé. Puis j'étreins le volant. Mes intestins sont toujours emmêlés et mon cœur bat jusque dans ma gorge. J'enfonce la clé. Contact. Le bruit du moteur, trop soudain et trop fort, me fait sursauter. L'animal est réveillé.

Il faut vraiment que je me rappelle comment marche cette bécane. Pas le choix. Mon pied s'affole et écrase l'accélérateur. Je lâche tout. Le moteur cale. OK. On reprend tout au début. Du calme. Contact. Embrayage. Vitesse. Accélérateur. Allons-y. La voiture avance à la vitesse d'une fourmi cul-de-jatte. Les sous-sols sont larges, je parviens à me déplacer. Non sans mal, j'atteins la sortie. J'avais raison, c'est comme le vélo. Je n'ai pas oublié, comme je n'ai pas oublié comment lire ou écrire. La pratique et l'habitude se sont gravées dans ma matière grise.

Je suis dehors. Si personne ne parcourt à pied les rues de la ville, ils se sont tous réunis dans leur voiture. Le centre-ville est envahi par des coups de Klaxon de toutes espèces. Heureux, pressés, énervés mais à tous les coups inutiles. Les visages que j'aperçois se marient parfaitement avec les sons qui s'échappent de chaque capot.

Je mets plus de vingt minutes à quitter les embouteillages. Ici les rues sont dégagées. Je ne croise plus qu'une ou deux voitures sur une dizaine de kilomètres.

4

Le ciel blanc, presque trop lumineux, recouvre d'un voile morne les champs qui bordent la route. Je connais ce trajet. Chaque ligne, chaque virage. Des champs de terre blanche bordent à nouveau les routes. De véritables paysages de cartes postales bon marché.

Je connais ce coin. Par cœur. Le rapprochement que fait mon cerveau tord soudain mon estomac. L'hôpital.

Il te tenait… Il t'a violée avec un…

Crochet.

Ça s'est passé tout près. Karter m'a emmenée dans le premier hôpital qu'il a trouvé. Le cinéma dont il parlait doit se trouver à deux pas d'ici. Mon cœur s'emballe. Je crève de trouille de croiser celui qui m'a fait ça. Je sais qu'il y a moins d'une chance sur un million pour qu'il traîne encore dans les parages, surtout un jour de Noël, mais impossible de m'en empêcher. Mes cicatrices me font mal. Comme si le seul fait de prendre cette route les avait réveillées.

Une douleur monte entre mes cuisses. La douleur avec un grand D, pure et brûlante. Elle paralyse mes membres. À tel point que je ne peux même pas hurler pour la combattre. Elle coupe mon souffle. J'appuie de toutes mes forces sur la pédale de frein avant de me prendre un arbre de plein fouet parce que je me serais évanouie. La douleur est insupportable. Mes mains soutiennent mon bas-ventre jusqu'à ce que j'aie au moins assez de souffle pour pouvoir gémir. Une seule image martèle mes synapses. Le vieux siège en cuir de la Porsche recouvert de mes organes. J'ai l'impression que mon utérus va exploser entre mes doigts et que je vais crever ici. Il me reste une heure de liberté. Je ne peux pas la gâcher comme ça ! La douleur devient tiède. Mon dos est trempé de sueur. Je sens les gouttes fraîches courir sur ma peau abîmée. Je peux à nouveau respirer. Mes mains se détachent de mon ventre. Pas de sang. Mon utérus n'explosera pas aujourd'hui.

Lorsque la réalité refait surface, je réalise que je suis complètement en travers de la route. La roue arrière droite est à deux doigts de glisser dans le fossé. Je lève les yeux. Elle est là, elle s'élève devant moi, grand bâtiment gris au milieu des champs. La clinique vétérinaire.

Je remets le contact, puis avance, lentement, dans l'allée. Le parking n'est pas très grand et même d'ici, j'aperçois une plaque d'acier gravée à mon nom devant l'une des places. La clinique est fermée. Depuis des mois à en juger par les bâches ternes qui cachent chaque fenêtre.

Je m'approche de la porte. Elle est en verre épais et rien ne bouge à l'intérieur vu d'ici. Des graffitis salissent les murs. « On aura ta peau », « Tu vas crever salope ». Charmant. Il y en a un, plutôt réussi, qui semble me représenter, une seringue à la main et un sourire psychotique flanqué sur le visage. Des taches autour de ma caricature sont peintes en noir et rouge. Les animaux morts.

Je soupire et pousse la porte. Comme je l'avais prévu, elle est fermée. Je regarde le trousseau de clés dans ma main. J'en essaie deux avant de trouver la bonne, une petite clé de cuivre numérotée.

Un léger déclic lorsque la clé s'enfonce et tourne, puis je pousse la porte. Mes doigts s'attardent sur l'interrupteur, sans succès. Ils ont dû couper l'électricité depuis un bail. Sur le bureau d'accueil sont encore éparpillés quelques stylos. Derrière, accrochée au mur, une affiche représentant une grande partie des différentes races canines. Bien qu'apparemment je ne sois pas venue depuis déjà quelques mois, le comptoir est impeccablement propre. Pas une trace ne macule le sol. Sans les bâches à l'extérieur, la clinique pourrait sembler ouverte.

Une porte est entrebâillée au fond du hall, derrière le bureau. Allons-y. Je jette un regard à la pendule près de l'entrée, les aiguilles tournent encore. Il est dix-huit heures. Je dois être dans trois quarts d'heure au commissariat de la zone Nord. Je vais être en retard, inspecteur Monza… Manze… nom à la con. Il faut que j'active le pas si je ne veux pas trop l'énerver… Et puis après tout, tant pis. Pourquoi est-ce qu'il m'attend, déjà ? Pour me coffrer pendant plus de dix ans derrière des barreaux en acier ? Il peut bien attendre quelques minutes de plus, ça ne le tuera pas. Je me demande quelles questions il va bien pouvoir me poser…

— Pourquoi avez-vous fait ça, mademoiselle Kazan ?

— J'ai pété un câble inspecteur, ça arrive à tout le monde.

— Avez-vous agi seule, mademoiselle Kazan ?

— Bien sûr, inspecteur, ça va sans dire.

— Quelle arme avez-vous utilisée, mademoiselle Kazan ?

— Une cafetière, inspecteur. Et la porte de la cuisine aussi (à ce moment précis, je poufferai légèrement).

— Mais pourquoi mademoiselle Kazan, pourquoi ?

— Ce sale porc a tué mon frère. Il m'a salie, inspecteur. Qu'auriez-vous fait à ma place ?

— Je ne suis pas à votre place, mademoiselle Kazan. Et si je l'étais, je serais salement dans la merde à l'heure qu'il est. Vous avez fracassé le crâne d'un homme jusqu'à la cervelle, vous comprenez ? Nous avons retrouvé des morceaux jusque sous le réfrigérateur ! De plus, vous avez fui, mademoiselle Kazan, lâchement.

— Je voulais atteindre la frontière avant même d'avoir de vos nouvelles, inspecteur. Je crois que c'est raté pour cette fois.

— Pour cette fois, et pour toutes les autres fois dans les quinze années à venir. Mademoiselle Kazan, je peux vous garantir que vous aurez plus d'un cheveu blanc quand vous sortirez d'ici. Si vous sortez un jour.

Cette idée me glace. C'est ma dernière promenade ici. Après ça, tout sera fini pour moi. C'est ma vie que je vais passer derrière ces putains de tiges en titane. Et il est vrai que mes cheveux auront sans aucun doute changé de couleur d'ici là. Je serai vieille lorsque je sortirai. Ça veut dire pas d'enfant. Plus jamais. Ni avec Karter, ni avec personne d'autre… Jamais.

Peut-être est-il encore temps de prendre des billets pour le Sud. Peut-être les barrages de police n'ont-ils pas encore envahi tous les aéroports du pays. Qu'ai-je à perdre au final ? Trois ans de plus pour délit de fuite ? Mettez-m'en cinq pour la peine.

D'accord. Dès que je sors d'ici, je prends la voiture, et direction le soleil. Bien assez regardé la télévision pour savoir qu'une fois là-bas, il sera facile de changer d'identité. Un peu d'argent et cela devient simple comme bonjour. Et de l'argent, j'en ai. Assez pour changer de nom et m'appeler Madonna si j'en ai envie.

Restera ma conscience, que je devrai affronter toute ma vie. On trouvera bien un arrangement toutes les deux.

5

Derrière la porte, un long couloir recouvert d'un linoléum clair. L'absence de lumière me fait hésiter sur la couleur. Je dirais vert. D'autres portes, fermées de chaque côté du couloir. J'avance et pousse l'une d'elles, elles ne semblent pas fermées à clé. À l'intérieur, des cages vides dont certaines manquent. Je remarque cela à l'oxydation sur le métal. D'autres étaient posées sur celles-ci. Aucun doute. J'ai dû les transporter lorsque la clinique a fermé. J'ai dû transporter des tas de choses, en fait.

L'odeur qui emplit la pièce est forte, on dirait de l'ammoniaque, il reste un peu de sciure au fond des cages. Les animaux étaient enfermés ici lors de leur séjour. Des pattes brisées, des morsures trop profondes, des vasectomies se sont remises ici. Au milieu de la pièce, une table, vide. De l'urine, c'est ce liquide que la sciure a absorbé et qui sent si mauvais. Cette pièce n'a pas été aérée depuis des mois.

Je sors, et ouvre d'autres portes. L'une des pièces est totalement vide. L'odeur est moins importante mais persiste tout de même. Cela semble être une salle de repos pour les vétérinaires de garde. Ils dormaient ici quelques heures, en attendant l'urgence. J'ai dormi ici. Certainement des centaines de fois.

J'ouvre la porte d'en face. Six cages s'étalent sur le sol. Des cages pour les grands gabarits. De gros cadenas ferment chaque grille de métal blanc. Un énorme chien m'a mordue ici. Au moins quatre-vingts kilos. Un molosse gris, peut-être un dogue argentin. Ceux qui travaillaient avec moi ont été obligés de lui administrer trois doses de tranquillisants avant qu'il ne se calme. Je me souviens des marques de ses dents sur mes bras, et du sang coulant sur ma main. Je sais que j'ai eu des points de suture à cause de cet incident. Je ne sais pas combien, trois, peut-être quatre. Je ne me suis plus occupée de ce chien. Plus jamais.

Autre pièce, autres cages, plus petites celles-ci. Ici, l'odeur est particulière, cuivrée, comme celle du sang. C'est ici. Pas le moindre doute. C'est ici qu'on avait enfermé le chien qui a contaminé toute la clinique. Deuxième cage à gauche. Il n'a pas tenu bien longtemps. J'aperçois le sang séché sur les parois d'acier. Vu d'ici, cela ressemble à des taches de rouille. Mais si on regarde de plus près, c'est comme si un ballon rempli de sang avait explosé à l'intérieur de la cage. Littéralement.

Je me rappelle l'odeur qui se dégageait d'ici le lendemain de sa mort. Comme si ses organes avaient pourri d'un coup. Comme si son cadavre était resté ici des semaines durant. Il n'est resté que quelques jours. Et lui aussi a détruit ma vie. Tout du moins ce que j'avais tenté d'y construire. En moins d'une semaine, il a tout fait basculer. C'est mon père qui a déposé cette bête devant l'entrée. Ce salaud a voulu se venger. Quelle conne ! C'est évident. Il a voulu me faire rendre l'argent amèrement craché pendant des années. Il a réussi. Il a eu ce qu'il méritait. Sale porc.

Je soupire et referme cette porte derrière moi. Mes dents sont serrées, mes nerfs, à vif.

Il y a une dernière porte tout au fond du couloir. Elle doit être fermée à clé, forcément. Je tourne la poignée, le bois grince légèrement puis la porte s'ouvre. C'est un escalier par lequel on ne peut que descendre. Je ne vois même pas les dernières marches tant il fait sombre. Il faut que je descende. Il y a peut-être quelque chose, là, tout en bas. Peut-être pas. Mais il faut que j'essaie.

Je glisse les clés entre mes doigts, à la manière d'un poing américain. Belle arme d'appoint. Mon autre main s'appuie sur le mur peint, seul radar pour me guider dans l'obscurité. Je descends les marches une à une pendant des minutes qui me semblent des heures. Encore cette odeur de sang qui devient plus intense à mesure que j'approche de la fin de l'escalier. Mon pied bute enfin sur la porte de sortie. Je cherche la poignée à l'aveugle, puis la tourne.

La lumière me saisit soudain, mes yeux prennent quelques secondes pour s'habituer à ce changement.

Je lève la tête.

Je lâche les clés et tombe à genoux.

Tout s'éclaire à présent.

PANTINS

1

Penser à autre chose. Il faut que j'arrive à penser à autre chose. Emma, aide-moi... Notre rencontre. Bonne idée. La première fois que j'ai vu Emma, nous devions avoir dix-huit ans. C'est ça. Nous étions dans le même cours de sciences. Que portait-elle, déjà ? Un T-shirt bariolé. Et une jupe. Une jupe plissée. Beaucoup plus courte que ne l'aurait jamais permis le règlement de l'école. Elle s'est excusée mille fois lorsqu'elle a laissé échapper ses livres à mes pieds. Je crois que j'ai rougi à ce moment-là. J'en suis sûr. Elle m'a demandé si la place à côté de la mienne était libre. J'ai bafouillé un truc minable qui l'a fait rire. J'aurais libéré n'importe quel siège pour qu'elle puisse s'asseoir près de moi. Elle m'a souri de l'un de ses nombreux sourires que je n'ai connus que plus tard. J'ai vu ses grands yeux. J'ai vu le filet d'or à l'intérieur. Je ne lui ai jamais demandé si elle avait fait exprès de laisser tomber ses livres devant moi. Elle était là, c'est tout ce qui comptait. Je me souviens qu'après ce jour-là, elle a pris le siège près du mien à chaque cours.

J'étais introverti. Elle riait tout le temps. J'étais timide. C'est elle qui m'a embrassé la première fois. C'était furtif, ses lèvres n'ont fait qu'effleurer les miennes. Elles étaient sucrées. Elles avaient un goût de pêche. Je ne veux pas oublier ça. Pas maintenant.

Nous parlions des nuits entières, de choses futiles. Nous étions seuls contre tous. Une nuit, elle a fondu en larmes en pleine conversation. De quoi parlait-on avant cela ? J'ai oublié. Je me souviens simplement de cette bouteille de vodka à moitié vide posée sur le sol. Puis, c'est de son père qu'elle m'a parlé. Elle n'a pas employé de mots très précis pour décrire ce qu'il lui avait fait… Mais ces gestes qu'elle faisait avec ses mains étaient si… explicites. Elle m'a parlé de Tom. Il faut que je me souvienne de son visage. Un petit bonhomme blond. Oui. De grands yeux bleus tristes.

Je ne l'ai pas simplement écoutée. J'ai vraiment bu ses paroles. J'ai pleuré avec elle. Beaucoup.

Le lendemain, je me suis retrouvé devant la porte de la maison de son père, un couteau planqué dans la poche de mon manteau. Le lendemain, le surlendemain, et même les quelques jours qui ont suivi. Chaque soir, je l'ai regardé rentrer chez lui. Chaque soir, j'ai renoncé.

Je sais qu'il y a eu ce procès. Il n'a pris que six mois fermes. Elle ne m'a jamais dit combien il avait dû payer. Et elle n'a pas dépensé un centime pendant des années. Elle disait qu'il fallait « laisser pourrir l'argent lorsqu'il était si sale ». Je lui ai sorti une phrase du genre « tu pourrais faire quelque chose de beau avec tout cet argent pourri, bébé ». Je me rappelle m'être senti ridicule. On aurait dit une vague imitation de John Wayne ou de je ne sais qui. Elle m'a regardé en se mordant la lèvre inférieure. Puis elle a éclaté de rire. Ce rire lui a permis d'ouvrir sa propre clinique vétérinaire quelques mois plus tard. Elle a même pu employer une petite équipe. Je l'ai écoutée, évidemment, et nous avons acheté un appartement. Cet appartement au quinzième étage. J'ai le vertige, ça n'aide pas. Mais elle voulait être « tout en haut ». Elle disait que de cette manière, elle avait un peu l'impression « d'échapper au monde ».

Il faut que je change de position, mes jambes me font si mal.

Emma, ne me lâche pas. S'il te plaît.

Lillard.

Il y a eu Lillard, ce petit chaton en sang sur le paillasson. Et ce papier posé sur son corps minuscule. Qu'est-ce que ça disait déjà ? « Pour toujours »… Ouais, c'est ça. J'ai vu un gars courir dans les escaliers ce soir-là. Et pauvre lâche que je suis, je ne l'ai pas poursuivi. Emma a soigné le chaton. Un soir, elle est rentrée avec ce petit bout de peluche pelotonné entre ses bras. Elle a simplement chantonné : « Il s'appelle Lillard. » Lillard est resté. C'est le seul animal qu'elle ait jamais ramené à la maison. Mes mains sont si sales.

Il y a eu ce chien qui a foutu sa carrière en l'air. Cette maudite bestiole. Elle a pleuré pendant des jours et des jours après cette histoire. Elle a commencé à prendre des cachets. Des tas de trucs. Elle se défonçait et je ne pouvais rien faire. J'étais impuissant à la regarder se détruire à petit feu. Un vrai con. Je crois même qu'elle a goûté à l'héro. Elle a vidé l'armoire à pharmacie. J'ai même retrouvé une boîte de calmants pour animaux dans la salle de bains. Bêtement posée dans la poubelle. Elle n'a jamais voulu aller à l'hôpital pour se soigner. J'ai été contraint de l'y emmener une nuit. J'ai bien cru qu'elle allait claquer entre mes doigts. Lorsqu'elle s'est réveillée, elle a arraché ses perfusions. Elle a mis du sang partout. Le carrelage était maculé. Elle était habillée lorsque je suis entré dans sa chambre. Prête à sortir dans son pull trempé de rouge. Alors j'ai décidé de la soigner chez nous. Je lui ai fait des injections de méthadone. Et puis j'en ai eu ras le bol. Jamais elle ne s'en sortirait de cette façon-là. Je l'ai enfermée dans notre chambre. J'ai dormi sur le canapé du salon. Quand je pouvais dormir. Je passais le plus clair de mon temps l'oreille collée contre la porte. Une seule pensée m'obsédait : qu'elle saute par cette maudite fenêtre. Je l'ai vue s'écraser tant de fois dans mes cauchemars qu'il a été de plus en plus délicat de pouvoir fermer les yeux. J'ai écouté chacun de ses gestes à travers la porte, chaque page tournée de chaque livre qu'elle a pu lire, chaque insulte qu'elle a murmurée à mon intention.

Lorsqu'elle m'a pardonné, ses mains étaient abîmées d'avoir trop frappé les murs. Elle a glissé son visage dans mon cou et j'ai senti ses larmes sur ma peau. J'avais réussi.

Il faut que je boive. Il n'y a plus d'eau ici. Il faut que je boive. Rapidement. Emma, reviens…

Son visage si fin… Sa bouche… Ses yeux… Le filet d'or… Ne perds pas les pédales. Concentre-toi. Trouve quelque chose d'autre. Son corps. Sa peau. Son tatouage. Ces ailes auxquelles elle tient tant. Elle me disait qu'elle pouvait voler, ne plus fouler le même sol que l'assassin de son frère. Je la regardais des heures entières lorsqu'elle dormait nue. Les plumes se courbaient sur ses reins. Les ailes en devenaient presque réelles. Son corps était une œuvre. J'ai touché sa peau si douce tant de fois… Je donnerais ma vie pour pouvoir dormir contre son corps, rien qu'une fois encore. J'ai mal à la gorge. J'ai besoin d'une cigarette. Rien qu'une petite.

J'ai arrêté de fumer lorsque Emma m'a annoncé qu'elle était enceinte. Elle y tenait. Mon cœur a failli s'arrêter net ce jour-là. J'allais être père. J'avais sorti Emma de la drogue, j'étais capable de tout. Je me souviens de la première échographie. Les battements de cœur du bébé étaient si rapides. Les yeux inquiets d'Emma, les phrases rassurantes de la sage-femme. Je vois encore sa tête, minuscule et pixellisée sur l'écran noir et blanc. Mon enfant… Notre enfant…

Je suis certain que c'est un garçon. Et nous l'appellerons Thomas. Comme son frère. Si toutefois je sors d'ici. J'ai vraiment soif.

Et puis un jour j'ai vu ce gars. Il tournait autour d'Emma, je n'ai pas fait attention au début. Mais il a continué. De plus en plus souvent. Je l'ai vu attendre devant notre immeuble. Parfois même très tard. J'ai d'abord cru qu'il habitait là. Mais son regard a rapidement répondu à mes interrogations. S'il avait pu me tuer net avec ses yeux, il l'aurait fait dans la seconde. Il n'a jamais habité l'immeuble.

Un soir, je suis rentré seul. Emma devait m'attendre dans notre appartement. Il était là, comme tous les soirs à ce moment-là. Je me suis approché de lui. J'aurais mis mes deux mains à couper que c'était lui qui fourguait la drogue à Emma. Mes deux mains. Et les bras avec.

Je crois n'avoir eu que le temps de crier. J'ai vu une seringue suinter entre ses doigts. Avant que je ne réagisse l'aiguille était déjà plantée dans mon bras. Le monde a tourné. Si vite. J'ai senti la fraîcheur des pavés humides sur mon visage. Et le néant. Rien. Jusqu'ici.

Je me suis réveillé il y a une semaine. Peut-être est-ce un mois… À moins que ce ne soit une année entière… Impossible de me souvenir depuis combien de temps je suis enfermé ici. Je n'ai même pas la place d'étendre mes jambes. Je dors assis. Des escarres déchirent ma peau. Il y a une vieille écuelle en métal à mes pieds. Elle devrait être remplie d'eau. Mais j'aurais dû l'économiser plus sagement. Il ne la remplit que tous les trois ou quatre jours. C'est encore plus rare qu'il me permette de manger. Et lorsque c'est le cas, cela ressemble à une gelée infâme et marron. Mais on s'habitue. Il est fou. Totalement. Il m'a posé des tas de questions sur Emma. Il voulait tout savoir, sa couleur, sa musique, son plat préférés. Des éléments importants de sa vie. J'ai tenté de mentir, mais il l'a su. J'ignore comment, mais il l'a senti. Emma… Je sais qu'elle va appeler les flics. C'est évident. Pourquoi ne l'a-t-elle pas déjà fait ? Ne perds pas les pédales, mon vieux. Concentre-toi.

Le Fou m'a ramené un colocataire il y a deux ou trois jours. Il n'avait pas l'air très bien. Il était inconscient lorsqu'il est arrivé et le Fou a mis toutes ses forces pour parvenir à soulever le gros type jusque dans la cage face à la mienne. Il était si blême. Et après quelques heures, il a ouvert les yeux. Puis il s'est mis à gémir. Une longue plainte aiguë et oppressante. Ça a duré des heures. Il frappait sa tête contre les barreaux. Jusqu'à en saigner. Je ne sais même pas s'il me voyait. Il murmurait des histoires sans queue ni tête auxquelles je ne comprenais rien.

Puis le Fou est entré, et a posé sur lui un regard désolé. « Je ne voulais pas que cela se passe de cette façon. » Mais il ne l'a pas dit. Il n'a rien dit. Il ne dit jamais rien. Il a souri, le visage déformé par cette cicatrice sur sa lèvre. Il a sorti une nouvelle seringue de nulle part, comme un magicien aurait sorti un lapin vivant de son chapeau, je n'ai jamais compris ce truc. L'autre gars s'est éloigné tant qu'il a pu, s'est tortillé tout au fond de sa cellule, s'est débattu pour échapper à la seringue. Le produit ne s'est injecté que plus facilement. Un liquide opaque. Jaune. Peut-être blanc, je ne sais plus. Le gars s'est calmé tout de suite. Il ne s'est pas endormi, simplement calmé. Sa jambe droite prise de légers spasmes frappait doucement le métal. Je me rappelle que j'ai chanté un petit air sur ce rythme irrégulier. Son pied a battu la mesure toute la nuit, il faut bien s'occuper. J'ai vite décidé de me taire. Pas envie de connaître le même sort. Hors de question. Lorsque je me suis tu, j'ai vu le filet de bave couler sur son menton. Je crois que ce n'était pas tout. Je suis persuadé d'avoir vu une larme glisser le long de sa joue. Dans la nuit qui a suivi, il s'est mis à tousser. « Une toux pleine de morceaux », comme se plaisait à dire mon père quand j'étais petit. À la lueur de la lune, je pouvais voir son visage se déformer à chaque crampe. Puis il s'est mis à cracher du sang sur son vieux jean sale.

Le Fou nous a donné des sacs en plastique pour que l'on défèque à l'intérieur. Un sac pour les déjections, une bouteille en verre pour l'urine. Il les jette lorsqu'il nous change l'eau. Mais mon voisin a subitement décidé de ne plus utiliser ses toilettes à domicile. L'odeur était insupportable. Et cela n'est pas allé en s'arrangeant, loin de là.

Le sang s'est transformé en gros caillots visqueux. Ses orbites étaient injectées. Cette merde sortait de partout. Sa bouche, son cul, et même ses oreilles. Une vraie bombe prête à exploser.

Il s'est finalement étouffé avec un caillot de sang, plus gros que les autres. Je ne crois pas qu'il ait vraiment senti quoi que ce soit, je ne pense même pas qu'il ait souffert. Il se convulsait de plus en plus souvent. Ça n'a pris que trois putains de jours !

J'ai vomi plusieurs fois à travers les barreaux. La nuit j'ai entendu le cadavre s'affaisser sur lui-même. Comme s'il était encore vivant.

Lorsque le Fou est revenu, il a vu mes vomissures. Il m'a regardé comme on regarderait un gamin qui a fait une grosse bêtise, comme si j'avais tué un pauvre chien avec mon vieux lance-pierres. Il a ouvert la fenêtre en lâchant un gros soupir. L'air frais était si agréable. J'ai collé mon visage au métal pour en profiter au maximum. J'ai fermé les yeux, j'ai tenté de sentir l'odeur de l'herbe à l'extérieur, l'odeur du vent. Je n'ai certainement fait que l'imaginer, mais ça m'a fait du bien. Puis le Fou a vu le cadavre de mon voisin de palier. Les yeux de ce dernier étaient ouverts mais ils ne regardaient que le vide. Il l'a libéré. Lorsqu'il l'a soulevé, le corps a émis un bruit étrange. Comme si tous ses organes s'étaient liquéfiés. Son corps, au lieu de se raidir, s'était ramolli. Il s'y est pris à deux fois avant de pouvoir convenablement soulever le cadavre. Le mort a bavé du sang épais sur le pantalon du Fou. Le Fou a juré, puis il l'a emmené avec lui sans plus poser les yeux sur moi une seule fois. Il l'a traîné sur le sol, par les poignets. Sa peau était violacée à plusieurs endroits.

Et il me regardait.

Le cadavre du type me fixait. Ses yeux vitreux étaient posés sur moi. Et sa bouche était tordue. Un peu comme dans un film. Un film de mafieux. À la De Niro.

Le sang a séché. Les vomissures ont séché. L'odeur est devenue plus supportable depuis que mon colocataire a déménagé. D'ici j'aperçois quelques reliefs au fond de son ancienne cellule. Pas envie de savoir ce que c'est.

Je n'ai plus d'eau. Ma bouteille de pisse est pleine. S'il ne revient pas, la solution qui va s'imposer à moi ne m'enchante pas, mais alors pas du tout.

J'essaie de dormir autant que l'odeur et la lumière me le permettent. Pas beaucoup, à vrai dire.

Je vais crever ici. Emma, ne me lâche pas. Ne me laisse pas perdre les pédales. Emma…

Du bruit. C'est le Fou. Je l'entends se rapprocher. Il…

2

Tout m'explose à la gueule. En une seconde seulement, des centaines de souvenirs viennent cisailler ma tête. Je vais tomber dans les pommes. Je pose ma main sur le sol. Ma respiration tremble à tel point que je gémis presque à chaque expiration. Je sens deux larmes couler lourdement le long de mes joues.

Une fenêtre rayée d'innombrables traces blanchâtres éclaire l'exiguïté de la pièce.

Tout cela ne peut pas être réel. C'est impossible. Je tente de me relever avec difficulté. C'est le monde entier qui semble tourner sous moi. C'est sale ici.

Il y a du sang sur le sol.

Partout du sang.

Du sang brun que le froid hivernal a laissé sécher en longues mèches noires. Plus rien ne compte que cette pièce, que ces murs… que ces trois cages qui se dressent effrontément devant moi. C'était sous mon nez pendant tout ce temps et je n'ai rien vu.

L'une des cages est totalement vide. Une autre semble avoir été occupée il n'y a que peu de temps, elle est ouverte. Quant à la troisième… Je m'approche de celle-ci, lentement. Chaque pas est une nouvelle bribe de vie qui frappe violemment mes synapses, une pièce du puzzle qui s'emboîte douloureusement à mesure que j'avance.

Je suis debout face à la grille fermée. Face à lui. Les yeux qui me regardent me terrifient autant qu'ils me rassurent.

— Emma… C'est bien toi ?

— Seigneur…

— Presque, Em'.

Sa voix me transperce comme une lame. J'éclate en sanglots. D'un coup. Mes doigts accrochent les barreaux de métal et je serre, jusqu'à sentir la douleur, acide et attirante. Sa main se pose sur la mienne. Elle est glacée.

— Trax…

— Emma, tu es vivante. J'ai tellement eu peur que tu sois… qu'il t'ait…

— Non, tout va bien.

Faux. Tout est loin d'aller pour le mieux. Sa voix se superpose soudain à tous mes souvenirs. Devant la table de la cuisine, c'était lui qui se moquait de ma façon de préparer un gâteau. C'était lui aussi derrière cette putain de porte qui supportait mes injures de camée. C'était son corps derrière le mien dans la baignoire, lorsque je lui ai dit que j'étais…

Machinalement, ma main vient se poser sur mon ventre, et ma gorge se serre en nœuds si complexes que j'ignore s'ils se délieront un jour. Ses yeux suivent ma main. Alors il comprend.

— Oh, mon Dieu, Emma… Mais qu'est-ce qu'il t'a fait ?

— Je… Je me suis réveillée dans cette chambre d'hôpital, sans aucun souvenir. Il est la première personne que j'ai vue. Lui et son ignoble cicatrice. Il a joué avec moi…

— C'est fini maintenant Em', on va se tirer de là vite fait bien fait et on…

— Ton visage a traversé ma tête, plusieurs fois. Et quand je lui parlais de toi, il devenait nerveux, prêt à exploser…

— Je sais, je l'ai vu et j'imagine très bien.

— Il m'a fait comprendre que toi et moi, c'était fini depuis bien longtemps. Mais… il vient ici souvent ?

— Pas depuis hier, il nous rend visite simplement pour nous donner un peu d'eau.

— Nous ? Trax, qu'est-ce que ça signifie ?

— Il a amené un type il y a peu de temps. Peut-être deux ou trois jours. Il l'a enfermé dans la cage. Là, juste derrière toi.

Je me retourne et observe la cage aux rebords souillés. L'intérieur est recouvert d'une couche brune, comme si… non, ça ne peut pas être ça…

— Et ? Il l'a changé de place ?

— Non Em'. Il l'a tué. Le type est mort. Il lui a injecté un truc et le type est devenu totalement amorphe. Et il s'est mis à cracher du sang par tous les trous, comme s'il avait… implosé, ou quelque chose dans le genre.

Trax tente de rester calme mais ses mains tremblent entre les barreaux.

— Comme les animaux…

— Quoi ? Qu'est-ce que tu racontes Emma, explique-toi !

— Il leur a injecté la même substance qu'aux animaux. Il a probablement corsé la dose. C'est un produit qui provoque presque les mêmes effets que la fièvre de Lhassa. Les organes pourrissent peu à peu à l'intérieur du corps. Puis les hémorragies internes démarrent. Tout lâche d'un coup. Et le sang est évacué par le premier orifice à proximité.

— Charmant, Em'... Sors-moi de là maintenant... Mes jambes me font si mal... Je ne sais même pas si je parviendrai jamais à marcher comme avant.

Je ramasse le trousseau de clés sur le sol et dans la panique, j'ai beaucoup de mal à ne pas le lâcher une seconde fois. Je les essaie une à une sur le cadenas fermant la grille. Aucune ne fonctionne. Merde, c'est bien ma veine. C'est l'autre taré qui doit l'avoir sur lui. Il va falloir trouver un autre moyen. Et vite.

Je jette un coup d'œil tout autour de moi. De longs filets de sang noir s'étendent sur le mur comme autant de lierre trop envahissant. Une véritable toile de sang filée dans la soie brute de la chair.

Je m'approche de la cage vide. Le battant est ouvert, révélant de multiples traces de doigts colorées sur chacun des barreaux de métal.

Karter Reppe.

Comment a-t-il pu faire tout cela ? Il a détruit ma vie. Celle d'avant, pour ne me laisser aucun souvenir. Et celle-ci, pour que je ne puisse plus me raccrocher à rien qu'au vide tout autour.

Dans la cage souillée, des monticules de matière puante s'étalent sur différents niveaux. Il a laissé ce type pourrir littéralement sur lui-même. Mais pour quelles foutues raisons a-t-il...

Tout à coup le vacarme me transit, recadrant légèrement mes pas dans l'axe d'une réalité que je n'ai pas franchement envie de côtoyer.

C'est Trax. Il s'agite derrière l'acier blanc et écaillé. Comme un véritable gorille de laboratoire.

OK, OK, je me dépêche. On va trouver une solution pour ouvrir cette satanée cage.

Le jeune homme se cale solidement contre le fond de sa cage. Puis son pied vient frapper brutalement les barreaux. Il hurle sous la douleur. Ses jambes doivent être engourdies, le moindre choc devient insupportable. Il recommence, criant cette fois avant même de porter le coup. Ses tentatives sont vaines. Le métal ne bouge pas et le cadenas ne semble pas prêt à lâcher.

— Trax, je vais aller faire un tour à l'entrée, je devrais pouvoir trouver un marteau ou quelque chose qui fera l'affaire.

— Non Emma, ne me laisse pas ici, tu ne peux pas.

— Si tu veux que je te libère, je suis obligée d'y aller.

— Emma, s'il te plaît…

Son regard est suppliant. Il s'est rué vers les barreaux, il les tient maintenant avec force. Il est à genoux et il pleure.

Il a raison, je n'ai pas le droit de faire ça, mais j'en ai encore moins le choix. Je lui tourne le dos et ferme la porte derrière moi. Je l'entends me supplier de ne pas l'abandonner. Il faut que je fasse vite. Je manque par deux fois de m'écrouler au beau milieu des escaliers. Lorsque j'atteins le couloir, la lumière est à nouveau assez forte et je peux enfin me diriger sans problème.

Les salles sont vides, je ne trouverai pas d'outil ici. Le hall d'entrée. Un coup d'œil rapide sur la pendule. Bon sang, une heure déjà que je suis ici. Karter doit s'être réveillé, il doit être en train de me chercher en ce moment. D'une minute à l'autre, il va se douter que je suis venue ici. S'il n'est pas déjà en chemin. Il faut que j'active le mouvement.

Je fouille dans les tiroirs sans rien y trouver que des dossiers. Je ne vais pas aller bien loin avec deux feuilles de papier. Je regarde autour de moi. Je ne trouve rien. On est foutus. Il faut que je sorte de là. À moins que… J'ai encore quelques minutes pour rejoindre l'aéroport et me tirer d'ici. Bye bye galère, bonjour sable blanc et bain turquoise. Je n'ai qu'à prendre la voiture et… un tournevis, juste devant mes yeux, dans le placard près de la photocopieuse. Long et épais. Exactement ce qu'il me faut. Mes lèvres se pincent. Il faut que j'aide Trax. Je ne peux pas le lâcher maintenant. Je regarde la porte d'entrée et réalise que je ne l'ai pas refermée à clé lorsque je suis arrivée. Je cours vers elle et remédie au problème.

Il ne me reste plus beaucoup de temps. Je longe à nouveau le grand couloir aux murs clairs. Je dois rejoindre l'enfer. Encore une fois. Sentir le cuivre du sang mort tout autour de moi. Autour de lui.

Les portes sont encore ouvertes sur les énormes cages dressées et fières.

Sauf une.

La salle de garde. Les gonds ne grincent pas lorsque je pousse la porte entrebâillée. Comme si tout avait été réellement bien entretenu ici. Comme si…

Je m'avance légèrement et colle mon dos contre le mur trop propre.

Non… Impossible…

Je connais cette pièce, mais il ne s'agit pas là de souvenirs lointains. Je connais cette pièce car j'y ai séjourné plus de trois semaines.

Mon cœur s'affole. En quelques secondes l'air a déjà du mal à franchir la barrière de ma gorge si serrée.

Tout se reconstruit à l'intérieur de mon crâne. Les stores aux fenêtres qui ont disparu. Je tourne la poignée de la porte en face. La minuscule salle de bains me nargue, avec son lot de souvenirs et de complicité.

Mon lit était placé juste ici. L'odeur de l'éther, pleine de sécurité, s'enfonce dans mes narines, traître à souhait.

Le docteur Hans Dakt n'existe pas. Jade n'existe pas. Mais alors, qui sont-ils ?

Et s'ils n'étaient pas vraiment qualifiés… qui a décidé de m'opérer ?

Je sors avant que la réponse ne me fasse rendre mon repas complet. Il faut aller plus vite. Plus vite que lui.

Que Karter Reppe.

Je serre le tournevis puis redescends vers la salle tout en bas. L'odeur cuivrée remplace celle de l'éther lorsque j'atteins la dernière marche dans l'obscurité.

Je l'ouvre et découvre Trax, le front collé contre les barreaux.

— Emma, j'ai vraiment cru que tu allais me laisser pourrir ici.

— Comment pourrais-je faire ça ?

Il faut bien que je m'entraîne à mentir un minimum

avant d'aller voir cet inspecteur. Ma phrase paraît crédible. Trax sourit mais je ne lui rends pas son étirement de lèvres.

— Quelque chose cloche Em' ?

Non, tout va bien. Je viens de me faire avorter, opérer, recoudre, violer, tout cela dans l'ordre par le plus gros fêlé de la ville. Mais à part ça, tout roule ma poule.

Une pensée vient s'ajouter au chaos qui règne à l'intérieur de ma tête. Une pensée à laquelle je n'avais plus songé depuis des lustres.

Karter Reppe m'a poussée à tuer un homme. De mes propres mains. Comme une grande. Il voulait que je le tue.

— Em', qu'est-ce qui se passe ?

Le néant autour de moi s'efface et le réel retrouve peu à peu ses contours.

— Emma !

— J'ai tué mon père.

— Tu as quoi ?

Ses yeux roulent au fond de ses orbites comme deux billes sèches et noires. Les traits de son visage sont tirés à tel point que chaque expression devient presque une grimace.

— Je l'ai tué. Je l'ai massacré. Et tu sais quoi ? J'y suis même retournée pour l'enterrer, ce fils de pute.

— Mais tu es complètement folle Em' ! Pourquoi ?

— Ne me traite jamais de folle, Trax ! Le barje de l'affaire, ce n'est pas moi.

— Alors explique-moi…

— J'avais oublié tout ce qui s'était passé. J'ignorais totalement ce qu'il avait pu me faire. Je suis allée le voir chez lui, simplement pour discuter, tu vois. Et tout m'est revenu, d'un seul coup. Karter était là, il était si calme. Il m'a même aidée à nettoyer les dégâts ! Je l'aurais remercié pour ça ! Tu comprends ? Putain, je lui étais reconnaissante !

— Tu es sérieuse ?

— Autant qu'on puisse l'être. Et nous y sommes retournés ce matin. C'est lui qui a creusé dans le jardin. Il jubilait l'enculé, il y mettait tout son cœur. Et ce n'est pas tout…

Trax soupire cette fois. Que pourrait-il arriver de pire encore ? Il fronce les sourcils.

— La police a téléphoné, il y a près d'une heure. Je crois qu'ils ont découvert le cadavre. Je suis dans la merde jusqu'au cou, Trax.

— On va trouver un moyen, Em'. Je te jure qu'on va trouver un moyen.

Ouais, t'as raison. T'as rien à te reprocher mon pote. J'ai tué mon père. Ça vaut combien ça, dis-moi ? Dix, quinze ans ?

Je me mets à la recherche du moindre ustensile qui pourrait m'aider à ouvrir la cage blanche.

Je ne vais pas m'en sortir. Adieu le Sud, adieu les îles, et bonjour la flicaille, bonjour… eh mais…

— Attends un peu, à quoi ressemblait le type qu'il a enfermé avec toi ?

— À vrai dire, il était inconscient durant presque tout son séjour ici. Il était grand, brun. Des cheveux vraiment épais. Assez gros, l'autre taré a vraiment eu du mal à le soulever jusque-là. Il était mal rasé, avec une dent en moins. Un style un peu…

— Italien ?

— Ouais, exactement.

Biaggi. Le coupable idéal. Le petit dealer à la sauvette qui aurait tout fait pour un peu de fric.

— Tu le connais ?

— Lukas Biaggi. Je pense que Karter l'a engagé. Pour me persuader que c'était lui mon agresseur. Il s'est fait passer pour un flic à l'hôpital. Karter savait que j'imprimerais parfaitement son visage, Biaggi avait le profil type du gars effrayant. Grand, gros et mafieux. Putain, je n'ai rien vu…

Je revois l'ersatz d'inspecteur me poser ses questions à la noix et dessiner sur son petit calepin quadrillé. Tout était foutrement bien orchestré. Sauf que…

— Il était devenu gênant. Karter l'a tué parce qu'il prenait trop de place. Je n'aurais jamais dû le voir dans cette ruelle. Ce n'était pas écrit dans le script.

Je m'avance vers la cellule de métal blanc, et bloque le tournevis entre le cadenas et la porte.

— Trax, aide-moi.

Il s'exécute et pose une nouvelle fois ses mains sur les miennes. Elles sont légèrement plus chaudes. Je pose un pied sur le mur pour me donner plus d'appui. Puis nous essayons de briser le cadenas. Ce sont aussi des cages réservées aux gros gabarits, autant dire qu'on n'a pas lésiné sur la qualité des cadenas de sécurité. Ils sont quasiment impossibles à fracturer. Je mets tout mon poids sur ce levier de fortune. Rien à faire.

Et soudain, un bruit de verre au-dessus de nous. La porte d'entrée a explosé. On ne s'en sortira jamais. J'entends des objets tomber sur le sol, bruyamment. Puis sa voix. Lointaine, mais pas assez pour que je ne comprenne pas ce qu'il dit.

— Emmaaa ! Je vais exploser ta petite gueule de salope. Où est-ce que tu te caches ? Réponds !

Ma respiration s'accélère. Je sens le métal du cadenas commencer à se tordre légèrement. Nous y sommes presque. Encore un effort et…

3

CRAC

La porte de métal s'ouvre tout à coup. Trax bascule et tombe en avant, amoindrissant la violence de sa chute en posant ses mains sur le sol. Il tente de se relever mais retombe lourdement sur ses genoux. Je me baisse pour l'aider. J'aurais dû partir. Tout est foutu désormais.

Dans un murmure, Trax me lance :

— La fenêtre Em'. Par la fenêtre.

T'es marrant mon pote. Je ne pourrai jamais te soulever.

Il doit bien faire dans les quatre-vingts kilos. Il faut tout de même être logique.

Karter est dans le couloir. Il a un objet avec lui qu'il promène d'un mur à l'autre à mesure qu'il se rapproche.

— Princesse ! Tu n'as pas à avoir peur, ce n'est que moi, Kay !

Une batte de base-ball. J'entends le frôlement métallique sur les murs. Il est tout près. Je ferme les yeux de toutes mes forces. Il faut qu'on se tire de là. Réfléchis. Putain, Emma, magne-toi ! Réfléchis.

Une cage.

Il faut pousser l'une des cages sous la fenêtre. Ouais, encore faut-il y arriver.

— Trax, c'est toi qui vas m'aider cette fois. Appuie-toi sur cette cage. Et pousse avec moi. Comme ça, on peut peut-être y arriver.

Il m'obéit et se positionne devant la boîte de métal peint. C'est finalement beaucoup moins lourd que je ne l'aurais imaginé. Mais au lieu de se déplacer, la cage se renverse, à quelques centimètres seulement du bord de la fenêtre. Trax monte le premier. J'entends les pas de Karter dans l'escalier et la batte glisse sur le mur avec le chuintement d'un serpent. C'est foutu.

Je mets tout mon courage pour permettre à ses quatre-vingts kilos de se soulever de un mètre. La main de Trax est sur la poignée, les miennes sur la cage. Et soudain la porte s'ouvre. Karter est là, les cheveux hirsutes. Son regard est celui d'un vrai cinglé. Il sourit.

— C'est donc ici que tu te cachais, princesse. Pourquoi me faire ça à moi ? Nous aurions pu vivre tellement heureux, tous les deux…

J'entends la poignée de la fenêtre grincer avant de s'ouvrir bruyamment.

— Ça y est ! J'y suis ! crie Trax, triomphalement.

Ce n'est pas une batte de base-ball dans la main de Karter.

C'est un putain de fusil.

Pointé tout droit en direction de la tignasse brune et emmêlée de Trax.

Un bruit effroyable résonne dans toute la pièce lorsque le coup part. Celui-ci reste un instant le pied en l'air, comme si l'espoir de s'évader persistait. Puis il s'écroule lourdement sur le sol.

Il reste là, étendu, tel un pantin à qui on aurait supprimé ses ficelles. Un pantin avec un trou en plein milieu du torse.

Le sang s'étend jusque autour de sa tête, formant un oreiller cuivré et épais. Alors ses hoquets deviennent des bulles rouges, suffocation rauque et immonde. Il lutte, de toutes ses forces, tentant de rattraper la vie qui s'échappe lentement devant lui.

Je retire mes mains de la cage. J'ai compris la leçon. Je ne m'échapperai pas, promis.

SANGS

1

Karter ne me lâche pas des yeux. L'extrémité du fusil fume encore et son doigt est toujours posé sur la gâchette. Impossible de faire le moindre mouvement.

— Princesse… Pourquoi es-tu venue ici ? Pourquoi es-tu venue remuer la merde ?

Je ne sais quelle réponse lui fournir sans me faire trouer la peau dans l'instant. Alors je garde la bouche fermée. Mes lèvres restent ainsi scellées durant de longues secondes sous le néant glacial de ses yeux.

Je regarde le corps de Trax sur le sol. Ses yeux semblent fixer Karter. Sur sa poitrine et dans son dos, une seule et unique plaie béante, comme un autre œil aveugle et grand ouvert. Son corps tremble légèrement. J'ignore s'il ressent encore la moindre douleur. Je jette un regard furtif au visage de Karter. Pour qu'il ne le laisse pas comme ça. Pas ici.

Pour qu'il l'achève. Rapidement.

Son sang se répand peu à peu. Toujours plus près. J'ai simplement le temps de faire un pas de côté pour ne pas patauger.

— Tu bouges encore, princesse, et tu connaîtras le même sort que ton si cher ami.

OK. T'énerve pas, Kay. Je reste immobile et le sang mouille mes chaussures en un rien de temps.

— Il a fallu que tu gâches tout, hein ? Je t'aurais offert une vie parfaite. Toute neuve.

Neuve ? La nouvelle arrive comme une gifle et je comprends l'utilité de chaque gélule disposée près de mon assiette lors des repas. Préparateur en pharmacie mon cul. J'ai laissé ce putain de fou torturer mon corps à souhait. Je l'ai laissé… Il a collé son corps au mien. Il m'a pénétrée. Il s'est enfoncé, tout au fond de moi, jusqu'à me faire saigner. Ça t'a plu, Kay. Oh oui, je suis certaine que ça t'a plu…

Un bruit immonde trouble le silence. Karter racle sa gorge et crache un filet de salive jaune et brun sur le corps troué. Il sourit. Il est fier. Fier de son œuvre.

Les hoquets ont cessé. L'œil ouvert de Trax ne cille plus. Il reste pointé vers Karter, dans une expression figée mêlée de tristesse et d'étonnement. Le sang sèche autour de mes petites chaussures, formant à présent une sorte de pellicule boueuse. Je suis tout près de l'ancienne cage de Biaggi. Les différentes strates de matières s'amoncellent dans le fond comme autant de couches puantes et contagieuses. La peinture écaillée part en lambeaux le long de chaque barreau, découvrant légèrement la rouille naissante sur le métal à nu. Au bord de la cage se trouve une sorte de boîte d'acier vide. Une écuelle, probablement. Et, plus en avant, une bouteille en verre. Celle-ci est pleine et je doute fort qu'elle soit remplie d'eau. Ces objets semblent être les seules armes possibles. Le tournevis a disparu derrière Kay. Impossible à atteindre. Définitivement.

Il faudrait que je parvienne à détourner son attention quelques secondes, juste le temps de saisir une arme de fortune. Reste à trouver comment.

— Pourquoi moi Kay ?

— C'est auprès de toi que je voulais passer ma vie, princesse.

Il appuie chacune de ses syllabes en posant un regard insistant sur le corps sans vie de Trax. Ce type est complètement givré. Son regard sur le cadavre s'éternise, alors je glisse la bouteille gluante dans ma main, puis derrière mon dos. Mes doigts tremblent tellement. J'essaie de paraître naturelle : attentive et terrifiée. Ça ne semble pas trop difficile. Il va la voir. Forcément.

Il me regarde finalement et ne semble même pas remarquer mon arme dégoulinante.

— Approche, Emma. N'aie pas peur de moi…

T'as raison. Je laisse pendre mon bras le long du corps. Je m'avance lentement, pivotant légèrement pour que ma main reste invisible. Il va falloir se décider Em'. C'est maintenant ou jamais.

— Princesse…

Maintenant.

— Viens plus près. Oui, voilà, c'est ça…

Je brandis la bouteille au-dessus de ma tête comme un crucifix devant un vampire affamé. Je sens l'urine odorante couler le long de mes poignets, jusqu'à atteindre la pliure de mes coudes. Mes vêtements s'imprègnent. Et Karter sourit. La longue plaie rose et floue découvre peu à peu toutes ses dents. Il éclate de rire. Un rire strident. Il se moque de moi.

Je bondis sur lui, aussi vite que mes jambes me le permettent. Il ne lève même pas le fusil. Il n'a pas peur. Pas du tout. Je crie pour me donner plus de courage et frappe le verre de toutes mes forces sur son visage. La bouteille pleine de pisse de cadavre explose, répandant morceaux de verre et liquide infâme tout autour de nous. Il ne reste que le goulot brisé dans ma main écorchée.

Le visage de Karter est en sang. Il n'a même pas cillé. Le fusil se tient toujours aussi droit au bout de sa main. Il touche le haut de son crâne et observe ses doigts colorés de rouge sombre. Une goutte carmin vient s'immiscer sur son front, glisse sur sa joue. Il l'essuie du revers de la main et lève les yeux vers moi.

Sous le hâle de sa peau, son regard transparent. Glacial. Il ne dit rien, me regarde simplement, les dents apparentes comme autant de stalactites. Tel un chien prêt à mordre au cou. Un chien galeux et enragé.

Il ne me reste que ce foutu tesson glissant. Je lève le bras dans une ultime tentative, mais sa main est un étau qui vient se refermer autour de mon poignet. Un os se brise dans un souffle sec. Mes yeux sont clos. La douleur, immonde. Mon souffle, coupé.

— Maintenant tu feras ce que je te dis. Exactement. D'accord princesse ?

Sa voix est si calme. Il pourrait expliquer un problème de maths à un enfant de huit ans, il n'emprunterait pas d'autre ton.

Sa main libre vient plonger dans mes cheveux

humides de sueur. Là encore, il les agrippe de toutes ses forces. Un simple mouvement de ses doigts d'avant en arrière dans mes cheveux trop emmêlés et j'acquiesce malgré moi. Je grimace sous la douleur.

Il me traîne sur quelques mètres puis s'arrête, juste devant la cage qui emprisonnait Trax. Il s'assoit. Je suis forcée de me courber pour suivre son mouvement.

— Tu ne fais pas ce qu'il faut, méchante fille.

Tout à coup, il me donne un violent coup de pied dans le tibia. Je ne peux retenir un cri et tombe à ses pieds.

— Je ne veux pas t'entendre, c'est bien compris ?

Cette fois, ma tête émet un faible mouvement. Oui Karter. Tout ce que tu voudras.

Je suis agenouillée devant lui. Il a placé le fusil entre ses jambes, la crosse posée à même le sol. Le fusil est court, comme conçu pour la torture qu'il m'inflige. Le canon s'élève, droit comme un I entre ses cuisses. L'œil sombre et sans fond me surveille, prêt à me faire goûter aux joies d'une seconde cartouche. En pleine tête. Je vais crever ici. Le visage noyé dans mon sang et celui de Trax.

Je sens la chair de poule recouvrir ma nuque, mon dos entier. Alors, il prend ma main, la tord comme s'il la brisait une seconde fois, puis il pose mon index insensible sur la gâchette. La douleur dans mon poignet est ignoble, l'œuf de poule a maintenant l'aspect d'une grosse pêche violacée. Ma main tremble si fort. Le coup va partir sans même que je m'en rende compte. Il faut que je me calme. À tout prix éviter de perdre complètement les pédales…

Ses doigts s'entortillent plus encore autour de mes cheveux, je ne peux plus bouger la tête que sous le commandement de sa main. Cette dernière me dirige vers le bout du canon. Il est encore chaud lorsqu'il caresse mon visage.

— Mets-le dans ta bouche, princesse.

Je ne veux pas mourir ici. Pas après tout ça. J'y étais presque, j'allais partir… Je serre mes lèvres jusqu'à me faire mal. Je sens le canon tenter de se frayer un chemin sans y parvenir.

— Mets-le dans ta putain de bouche ou je te pète les dents, compris !

J'entrouvre les lèvres et le canon brûlant entre en moi jusqu'à toucher l'intérieur de ma gorge. J'ai un haut-le-cœur et Karter me laisse reculer de quelques centimètres. Mon cœur n'a jamais battu aussi fort. J'entends mon souffle s'évacuer bruyamment par les narines. Si rapide.

— Tu vas m'écouter, princesse. Sois sage et il ne t'arrivera rien. Je te le promets.

Je hoche la tête et le métal du canon grince contre mes dents. Ses doigts appuient sur ma nuque. Comme si je lui taillais une putain de plume. Nouveau haut-le-cœur. Je vais m'étouffer avec ma propre langue…

— Ne bouge pas princesse. Si tu bouges, je te flingue.

Je ne bouge pas d'un poil. Il retire sa main de mes cheveux emmêlés avec pas mal de difficulté. J'évite de gémir, je respire simplement plus fort. Il cherche quelque chose à l'intérieur des poches de son jean. Un paquet de cigarettes. Je tuerais pour une cigarette.

Vraiment. J'entends la pierre du briquet frotter contre le métal. L'odeur de l'essence chatouille mes narines. Puis le tabac se consume sur la flamme, senteur douce et suffocante à la fois. J'en respire autant que je peux. Soudain, ses doigts reprennent leur position avec une précision et une rapidité étonnantes.

Le canon s'agite entre mes lèvres, heurtant mes dents sans ménagement. Ma bouche est en sang. Mais Karter s'en branle. Karter fume. L'univers normal qui tourne tout autour de lui, il s'en fiche pas mal. Karter est dans un autre monde. Il parle tout seul. Il est complètement psychotique. Je crois qu'il a vraiment dépassé le stade des petites cruautés envers les animaux. C'est tout autre chose là, Em'. Ce mec a atteint une autre galaxie.

Il jette son mégot, et la cendre soupire légèrement en plongeant dans le sang de Trax.

— Tu sais, princesse… Tout ça, c'est grâce à ton père.

Je lève les yeux, autant que je le peux tant le canon est enfoncé profondément dans ma gorge. Son sourire tranche son visage en deux. Il m'observe.

Il observe ma réaction. Et jubile.

Alors c'est mon père qui a tout organisé, hein ?

Je suis derrière une grande table en bois clair. Un bureau. Le monde s'étale derrière moi en rangées structurées. Les murmures s'élèvent comme un voile léger dans l'immense pièce. Devant moi, cinq hommes. Ils parlent fort et clair. Leurs longues robes sombres s'étendent jusqu'au sol, belles et luisantes.

Près de moi, de chaque côté, mes deux avocats jouent avec leur stylo. Ils sourient. C'est bon signe.

Je penche la tête sur ma gauche. Un bureau, aussi grand que le nôtre, est installé sur la même ligne. Les attablés ne semblent pas partager notre bonne humeur.

Je connais l'accusé. Il ne croise pas mon regard. Il baisse les yeux sur ses mains menottées.

Mon père.

Et c'est une femme qui le défend. Une femme. Une bon Dieu de femme sans éthique. C'est ce que je me dis. Elle n'en veut qu'au fric, sans doute. Et puis je suppose qu'elle doit penser sensiblement la même chose vis-à-vis de moi.

Le verdict tombe. Six mois fermes pour maltraitance physique. Je n'étais qu'une enfant, ma parole ne vaut rien maintenant. Justice mon cul. Six mois. Six putains de mois pour tout ce qu'il m'a fait subir. Et pas un de plus. Alors, il me sourit et chacune de ses dents pourries annonce ma défaite. Mon regard se dirige instinctivement vers lui. Lui qui m'a violée. Plusieurs fois. Lui qui m'a aimée. Détestablement aimée.

Puis les dommages et intérêts sont annoncés.

Mes lèvres s'ouvrent lorsque la somme est prononcée. Il est ruiné. Voilà donc mon lot de consolation. Maigre lot. Anorexique même. Cela ne lavera jamais ce qu'il m'a fait. Ce qu'il a fait à Thomas. Mais il est ruiné. Ses traits changent lentement. Et sa tête se redresse. Son visage me fait face. Le croque-mitaine me regarde, je sais maintenant qu'il existe. Mais je l'ai combattu. À mort.

Ses yeux croisent les miens, une fraction de seconde. Ils sont brillants. Ses mains se lèvent, prisonnières l'une de l'autre. Jusqu'à sa gorge. Il plonge son regard dans le mien et dévoile ses dents jaunes. Il tend brutalement l'index et le fait courir le long de sa gorge. De gauche à droite. Dans un geste totalement explicite.

La nausée se promène le long de mes intestins. Elle me nargue. Alors ils l'embarquent.

Mes avocats me donnent des tapes dans le dos. Pas qu'elles soient fortes, non. Juste assez pour me faire vaciller.

C'est fini maintenant. Je me dirige vers la sortie sous les félicitations du public. Comme un putain de talk-show. Je parcours l'assemblée d'un regard. Et au loin, un clin d'œil me surprend.

Un sourire barré d'une longue cicatrice. Karter est là. Tout au fond.

Il m'adresse un signe de la main, mais la foule me pousse à l'extérieur.

Tout est fini.

Tout est fini.

Karter caresse mes cheveux en souriant. Comme ça, tu travaillais pour mon père, salaud !

— Tu comprends maintenant, princesse ?

Oh oui, je comprends. T'as voulu une part du pactole. Le fric et la fille. Le beurre et l'argent du beurre. Il fallait qu'il disparaisse. T'as du talent Karter. Un foutu talent.

— Et il a fallu que tu fasses tout foirer… Je ne peux pas te laisser dire tout ça aux autres. Je t'aimais, moi. Mais c'est trop tard. Tu es devenue…

Ses doigts s'enfoncent douloureusement dans ma nuque.

— Aveugle et sourde.

Alors, un gémissement se décide à franchir l'humidité sanguinolente de mes lèvres.

Aveugle et sourde. Je revois les trois mots écrits près du cadavre de ma mère. Le fils de pute. Tu as tué ma mère, Kay. Tu l'as tuée. Combien de fric t'avait-il promis pour ça ? Putain, Kay. Ça ne t'a pas suffi, tu y as pris goût.

De nouveau, ce rire atroce, trop saccadé. Trop faux. Puis ses doigts s'arrachent encore à mes cheveux. Nouvelle cigarette. Ma main glisse sur le bois, silencieusement, elle rampe tel un serpent jusqu'au métal tiède. Et mes doigts caressent des reliefs inattendus. Quelque chose est gravé dans la matière. Simple et brut.

Des chiffres. Trois chiffres. Huit. Sept. Zéro.

Remington 870, canon court. Je la connais.

Je la connais…

Il fouille une nouvelle fois la poche arrière de son pantalon, il trouve son briquet qu'il dirige vers son visage. La pierre contre le métal. Le papier s'embrase. L'odeur du tabac. Entêtante.

Dernière chance.

Je retire tout à coup mes lèvres de l'embout du canon et lève lentement la tête vers lui. Son regard est plongé dans le trou, au travers du corps de Trax. Ses yeux transparents se plissent derrière le voile de fumée.

Et cette foutue cicatrice tranche son sourire en deux parties inégales. Elle s'offre à mes yeux, l'espace d'une seconde. Quelque chose me dérange mais je ne parviens pas à savoir quoi. La crosse est dans ma main. L'angle change peu à peu. Alors il sent le mouvement du métal. Je pousse de toutes mes forces sur le canon pour l'avoir dans ma ligne de mire. Mais il est rapide. Ses bras se lèvent déjà et, l'espace d'une seconde, la Reine rouge me fixe. Les volutes de sa robe tournoient autour d'elle. Elle est son démon.

Le démon.

Ses mains sont déjà sur les miennes. Un son sort de ma bouche, un rugissement mal contrôlé. C'est MON doigt qui décide, mon pote. Ses gestes sont saccadés, et la cigarette tombe sur le sol. Tout près.

Son visage est si tendu, et le sang a séché sur sa joue.

Il prononce une phrase que je ne comprends pas. Ses lèvres bougent dans un murmure lointain. Je ne t'écoute pas Kay. Et je m'en fous.

Alors j'appuie. De toutes mes forces.

La détonation remplit tout mon univers… Elle paraît plus forte encore que la première. Je suis totalement sonnée. Mes oreilles bourdonnent et mes yeux sont fermés.

870.

870.

870…

Qu'est-ce que tu as dit Kay ?

2

Je suis chez moi dans cet appartement au… à quel étage déjà ? Si haut… Je somnole. J'attends Trax, qui doit rentrer dans peu de temps. Mes reins me font légèrement mal, mais le gynécologue prétend qu'au bout de cinq mois de grossesse c'est tout à fait normal. Alors, je le crois.

Soudain, j'entends la porte d'entrée s'ouvrir. Je feins le sommeil pour qu'il vienne me réveiller comme il sait si bien le faire. J'entends ses pas lents se rapprocher de moi. Mais son parfum est étrange, changeant, cuivré. Ses mains se posent sur mon corps. Ce n'est pas sa peau. Pas sa façon de me toucher. Je me retourne, et ses yeux gris me paralysent.

Dans sa main, une arme, longue et noire. Puissante. Un fusil. Je tente de me défendre, en vain, car une aiguille remplie d'un liquide épais est déjà plantée dans mon bras, et le liquide s'écoule, acide, à l'intérieur de mes veines. Mes membres deviennent plus lourds. Mes yeux restent ouverts mais mon corps est inerte.

L'homme me sourit, une longue cicatrice barre son visage. Il brandit l'arme devant mes yeux, la fait danser de gauche à droite, comme un serpent trop venimeux.

Les reflets de la lumière sur le métal.

Alors je devine les chiffres. Huit. Sept. Zéro. Remington.

Je devine aussi que le crochet n'était qu'un autre de ses fantasmes. Juste pour que mon imagination prenne un autre chemin, différent mais tout aussi boueux. Juste pour que son œuvre paraisse presque plus artistique. Plus horrible.

Le crochet n'a jamais existé. Juste ce fusil, qu'il promène devant mes yeux, comme une grenade sans goupille.

Il écarte mes cuisses, lentement, sans m'offrir d'autre choix. Une larme coule, produit dérivé des seuls organes encore vivants de mon corps. Le métal s'enfonce. La douleur me transperce. Je le sens glisser contre ma chair. Dans mon corps inerte. L'acier s'immisce de plus en plus profondément. Ses lèvres me répètent qu'il n'y aura plus que nous deux au monde, seulement nous deux et personne d'autre. Infâme litanie.

Le sang gicle sur les draps, grande gerbe trop rouge. Sa main libre appuie avec force sur mon estomac bombé. Le canon a stoppé sa course. Il bute contre quelque chose.

Contre le bébé.

Je vais m'évanouir. J'aimerais tant pouvoir m'évanouir maintenant. Peut-être même mieux mourir, que de supporter ça. Mes yeux sont grands ouverts, impossible de les fermer. Je fixe le plafond. Pour ne plus voir. L'homme retire le tube d'acier. Il va et vient en moi avec ce bout de métal dégoûtant. Cela semble durer des heures. La douleur est inhumaine. Il sourit. Son visage s'illumine à mesure que ma paroi vaginale s'écarte. J'aimerais hurler mais ma gorge s'est endormie. Je n'écoute même plus ce qu'il dit. Le lit est trempé sous moi. Ses mains sont pleines de sang. Mon ventre change de teinte à vue d'œil.

Le produit commence à faire effet. Le monde perd de sa couleur. Tout s'éteint, sauf ce rire qui persiste.

Le sexe de métal me pénètre frénétiquement, monstre sombre et inexpressif. Le coup peut partir à tout moment. Et c'est tout ce que j'attends.

Je porte un cadavre tout au fond de moi. Un corps minuscule et trop fragile. Et Karter sourit, de tout son cœur.

Et tout s'arrête, comme un mauvais rêve. Karter me serre dans ses bras et me cajole comme une poupée de chiffon. Les larmes ont cessé de couler sur mes joues. Ses doigts frôlent mon corps tuméfié et je deviens précieuse. Pour quelques instants, quelques secondes seulement. Puis il se relève, le canon humide dans le prolongement de son bras. Et sur sa peau, une femme en rouge, noyée sous une vague de sang, plonge son regard dans le mien… Elle rampe vers moi, visqueuse et puante.

La haine est apparue dans les yeux de Karter, alors c'est la crosse noire qu'il élève au-dessus de mon visage. Quelques secondes de répit. Et je m'évanouis avant que le bois ne vienne briser les os de mon visage.

Ma tête est douloureuse. Le néant autour de moi se resserre. La douleur dans mon poignet, lancinante. Je vais rester là. M'endormir pour toujours. Je n'ai plus rien à perdre. Mon corps est lourd. Je tente péniblement de me redresser. Mes mains glissent sur le liquide poisseux. Je rampe jusqu'à Karter. Son corps est étendu près de Trax. Son visage baigne dans le liquide sombre. Mais…

Je soulève la tête de Karter. Une gerbe de sang rejoint le sol souillé. Une partie de son visage a été emportée. Son oreille. Sa joue. Tu sais quoi Karter ? Ton putain de bec-de-lièvre ne sera plus jamais un problème. Je vois maintenant ce qui me dérangeait dans la forme de sa cicatrice. Elle est bombée au lieu d'être creuse. Mais surtout… ces points tout autour. Tu n'as jamais eu de bec-de-lièvre, Karter. Tu t'es ouvert la lèvre toi-même… Espèce de taré.

Ma tête tourne à quatre cents kilomètres/heure. Il faut que je me tire d'ici. Je remonte les marches. De l'obscurité vers la lumière. Je traverse le hall, marquant mon chemin par de longues traces sanguinolentes. La voiture n'est plus très loin. J'enjambe les débris de verre. La lumière m'aveugle. Le ciel blanc est fait de minuscules aiguilles qui transpercent mes rétines à mesure que j'avance. La Porsche est là qui m'attend, animal docile. Ma tête… Plus que quelques pas. Les spasmes tordent mon corps, et un peu de bile couvre les graviers du parking. Ne flanche pas, Em'. Pas maintenant. Va voir l'inspecteur Manzabidule et explique-lui toute l'histoire. T'as encore une chance de goûter à l'eau de mer. Putain, Em', ne tombe pas. L'acier de la portière sous ma main. Et le siège qui m'accueille. Em'… allez, un effort. Le ciel s'assombrit. Tout devient noir. Ma jambe ne veut pas rentrer dans la voiture. Rien à faire. Em'… Le volant. Trop près. Ma tête… Ma…

L'ARAIGNÉE

Ma tête… Les gélules ont changé de couleur. Elles ne sont plus jaunes mais blanches. Grâce à cela, le brouillard se dissipe enfin et les souvenirs reviennent. Doucement.

Il n'est pas mort. Je n'ai pas réussi à le tuer, paraît-il. Ma tête est douloureuse. J'ignore ce qu'ils m'ont donné mais la douleur ne passe pas.

Autre lit. Autres barreaux en titane. L'ambiance est la même, à part peut-être le fait que le personnel a l'air d'être un peu plus qualifié. Des cathéters s'enfoncent dans chacune de mes veines disponibles, véritable réseau urbain complexe.

Ils l'ont enfermé. Dans le Nord du pays. Et je doute fort qu'il puisse rejoindre le Sud avant de nombreuses années. De très nombreuses années.

L'inspecteur Manzarek a dit que je serais bien ici. Il a sans doute raison. Son coup de fil aurait pu me sauver. Manzarek voulait me protéger. C'est Karter qu'il traquait, pas moi. Je n'ai pas voulu écouter… foutue paranoïa.

Je vois la mer depuis ma fenêtre. Je ne peux pas me déplacer jusque-là, mais je devine les remous des vagues fondus dans l'horizon.

Tout repart à zéro, Em'. Ouais. Tout repart à zéro. Karter a nettoyé ma vie. De fond en comble. À coups d'ammoniaque.

Rencontrer un psychopathe n'arrive qu'à la télévision. Berkowitz, Kemper et Bundy ne sont que des histoires effrayantes inventées pour sursauter au coin du feu.

Baratin.

Le mal existe et il a fallu que je me le coltine.

Mon poignet a repris une forme normale. Triple fracture. Il m'a bien amochée, l'animal. L'aiguille me fait mal. Comme s'ils l'avaient enfoncée trop profondément. Personnel qualifié, mon œil.

Je partage ma chambre avec une autre femme. Une brune. Ses cheveux noirs et brillants dépassent des bandes qui cachent son visage. Un tube lui permet de respirer. Le bruit n'est pas gênant. J'observe son corps mince se soulever au rythme du respirateur et les bips sans fin indiquent qu'elle est encore vivante. Les médecins disent d'elle que ce sera un légume au réveil. Si jamais elle se réveille. Mais jamais devant sa famille. En tout cas, pas en ces termes.

Je devrais me considérer comme une véritable chanceuse. Ha, ha, ha. Ouais, c'est ça.

Les remous de la mer me gonflent. Devant ma main valide, une télécommande. Je la saisis péniblement et entame un tour rapide des chaînes.

Amour et trahisons, Kevin emmène Tania dans sa villa sur la falaise.

Il est vingt-deux heures et je m'ennuie. Ce n'est pas comme cela que j'imaginais les plages de sable fin.

Une orque mange un phoque sur l'écran. Elle joue avec, le lançant en l'air comme un vulgaire ballon.

Les bips de ma voisine s'agacent légèrement. Un mauvais rêve, certainement. S'il est donné aux légumes de rêver, bien sûr.

Tiens, Nahn Bastine, le grand reporter. Il a troqué ses grandes bottes de caoutchouc contre des petites chaussures de ville bien cirées. Tout de même plus élégant, M. Bastine.

Merde.

Ils pouvaient pas me laisser tranquille.

Un reportage sur l'affaire Reppe.

Ça a fait le tour du pays. Et ce soir sur vos écrans, nous avons le plaisir de venir remuer la merde, chez vous, en direct. Avec plaisir.

Mon doigt se prépare à changer de chaîne lorsque tout à coup, une image me dérange. Une image que je ne connais pas. Une nouvelle scène du crime.

La caméra tremble sous les assauts de la police, les journalistes ne devraient pas être là. Ces images ne devraient pas exister, la presse les vole. De force.

Un homme est allongé, flou, silhouette corpulente. Derrière lui, une cage. Biaggi. Bordel de Dieu. Biaggi était dans la clinique vétérinaire. Karter n'a jamais pris la peine d'enlever le corps. Il l'a juste… déplacé.

Bastine indique alors que Lukas Biaggi n'était qu'un petit dealer à la sauvette. Ils ignorent pourquoi Karter Reppe l'a tué. Pas assez de sources. Bastine, franchement, tu me déçois.

Je revois le dessin de Biaggi sur la feuille quadrillée de son calepin bon marché. *EmMatOmEs*… Pas mal d'humour pour un macchabée.

Le visage de Jade apparaît à son tour. Ils savent qu'elle est impliquée dans l'affaire. Un peu de sang a été retrouvé près de son domicile. Ils n'ont pas trouvé son corps. Ils ignorent si elle s'est enfuie.

Le bip s'affole à nouveau. Je jette un coup d'œil à ma voisine. À ses cheveux bruns coulant sur ses épaules frêles. Non… Arrête Em'.

Hans Dakt a été retrouvé. Une photographie s'affiche alors. Mal rasé, sans lunettes, et rachitique. Mais où a-t-il été te chercher ? Un autre dealer. Un autre type en manque de fric.

Je ne saurai jamais quelle part tu as touchée, Karter, mais je dois reconnaître que ton coup était bien préparé. Foutrement bien même.

Mon visage apparaît. Livide et inconscient. Pendant mon sommeil. Ici même. Les salauds.

Nahn Bastine entame le portrait de Karter Reppe. Son nom s'inscrit en lettres noires en bas de l'écran. Il me semble déjà avoir lu ce nom.

Je connaissais ce nom. Forcément. Son visage emplit tout l'espace de l'écran, souriant de toutes ses dents.

Je sens encore son visage entre mes mains. Et le sang couler entre mes doigts. J'étais persuadée d'avoir fini le boulot… Il a fallu que je me tire sans vérifier. Quelle idiote…

Je détourne les yeux. Je ne peux pas.

Ils prétendent que Karter Reppe est un être doté d'une grande intelligence. Le comportement déviant du jeune homme a obligé ses parents adoptifs à le placer dans divers foyers. Après avoir erré d'institutions spécialisées en hôpitaux psychiatriques, Karter Reppe a été jugé apte à mener une vie normale. Il était libre de se rendre de lui-même dans plusieurs hôpitaux, tant qu'il ne quittait pas la ville. Après deux ou trois visites de courtoisie, Reppe n'a plus donné signe de vie. Son dernier séjour en psychiatrie remonte à plus de quatre ans.

Intelligent, Kay ? Tu ne crois pas si bien dire, Bastine.

Je sens ses mains sur les miennes lorsque mon doigt a touché la gâchette. Et cette phrase qu'il a prononcée avant que le coup parte. C'était quoi déjà ?

La police a retrouvé la notice de plusieurs médicaments puissants dans mon appartement. Probablement ceux qu'il m'a donnés pour que je ne sorte pas de mon voile brumeux. Pour que je ne me souvienne de rien, et qu'il puisse m'inventer une nouvelle vie. Avec lui.

J'essaie de me concentrer sur son visage. Même s'il me fait mal. Même si rien, jamais, ne sera plus douloureux que ce visage.

« Tu »

Karter Reppe, merde. C'est quoi ce nom ?

Une autre photo s'affiche. Karter à l'hôpital. Il rayonne. Il pose, le visage collé à cette satanée bande dessinée.

« Tu m'avais »

Spiderman. L'araignée. *Gamin, je me suis réfugié dans les bandes dessinées. Pour oublier le monde autour. Pour oublier les moqueries des autres enfants.*

Nom de Dieu. Emma, tu es la pire des idiotes. Karter Reppe. Peter Parker. Bien joué, Kay.

Je me concentre sur son visage pour me souvenir de cette foutue phrase.

« Tu m'avais promis »

Une énième photographie de Reppe apparaît à l'écran. Le bip de ma voisine résonne à l'intérieur de ma tête et le néant me fait face. Une fois encore. La dernière. Un cri emplit ma gorge. Trop gros pour sortir. Masse informe et animale, coincée à l'intérieur de moi pour le reste de mon existence.

Je n'arrive plus à respirer. Plus rien autour que ce visage.

Ses deux yeux gris qui me transpercent.

Ce visage.

Sans cicatrice.

« Tu m'avais promis qu'on verrait de vrais pirates… »

Les mots se reforment sur ses lèvres. Avant la détonation.

Emmatomes. Emma. Tom.

Deux larmes courent le long de mes joues. Et le vide m'envahit jusqu'à m'effacer tout à fait. Ce cri qui ne sort pas…

Et cette phrase qui revient sans cesse… *« J'aimerais qu'il s'appelle Thomas… comme mon frère… »*

ÉPILOGUE

Le printemps est arrivé. La neige a fondu et le Père Noël ne me hante plus. Du moins plus pendant la journée.

La lumière filtre à travers les stores sans parvenir tout à fait à éclairer la pièce. Cette pièce que je connais par cœur malgré la pénombre. Cette pièce dans laquelle j'ai ri, dans laquelle j'ai pleuré, comme un journal secret tenu entre quatre murs. Écrit ligne après ligne depuis des années. Depuis mes neuf ans. Un journal secret partagé. Avec elle.

— Emma, à quoi songes-tu ?

La voix est rauque, rongée comme l'était celle de Karter, par trop de tabac. Comme l'était celle de Thomas. Karter n'existe pas. Il n'a jamais existé. Rachel Melvil reste silencieuse. Elle sait qu'il me faut toujours un peu de temps pour répondre. Elle connaît chacune de mes manies.

— Je pense à tout ça. Toute cette horreur qui me colle à la peau. À Tom. Comment pouvait-il me haïr à ce point ?

— Il te désirait, Emma. Au point de te détruire complètement pour que tu lui appartiennes.

— Tom me détestait.

Dans la cour, des enfants jouent, j'entends vaguement leurs cris. Deux voix distinctes. Un garçon et une fille. Plus assez jeunes pour que leur timbre ne les trahisse pas.

— Il avait des pulsions contradictoires, comme la plupart des enfants confrontés à l'inceste. Il t'en voulait de ne pas avoir su le protéger. Mais il t'a désirée, comme ton père t'a désirée. Il s'est complètement identifié à lui.

— La victime reproduit en mode passif ce qu'elle a subi en mode actif.

Rachel esquisse un sourire qui s'estompe rapidement entre les murs mauves autour de nous. Au bout de tant d'années, le jargon m'est moins étranger. La lampe sur le bureau, cette lampe que je n'ai jamais vue éteinte, éclaire à peine le visage du docteur Melvil.

— Ma mère non plus n'a pas su le sauver, c'est pour cela qu'il l'a tuée.

— Ta mère, Emma, vivait dans l'ombre du monstre, du moins c'est comme cela que Thomas voyait les choses. La tuer, c'était comme éliminer une partie du cauchemar.

— Mais mon enfant, il a assassiné mon bébé !

— Pour lui, c'était l'enfant de votre père, le fruit de l'inceste. Un demi-frère, un rival.

Je revois la Remington s'enfoncer en moi, m'avortant, avortant ma propre vie. Je plonge la tête entre mes mains dans un soupir. Les cris retentissent de plus belle à l'extérieur et un rire éclate.

— Pourquoi lui et pas moi, doc ?

— Que veux-tu dire, Emma ?

— Pourquoi mon cerveau n'a pas grillé comme le sien ?

— Tu avais quelques années de plus que ton frère. Peut-être que Tom était plus faible. Tu as fait un procès à ton père, tu as su l'affronter face à face. Lui n'en a pas eu l'occasion. Toute la haine qu'il avait conservée au fond de lui s'est transformée, elle a évolué en lui à mesure qu'il a grandi.

Tom n'est jamais mort dans le bois près de la maison. C'était bien son sang sur les vêtements de mon père, mais ce porc n'a jamais eu le cran d'aller jusqu'au bout. Il l'a laissé pourrir au fond de la forêt, jusqu'à ce que la folie et la faim l'étouffent. Puis quelqu'un l'a trouvé. La peur et la honte ont transformé son nom en celui d'un personnage fictif. Il a voulu fuir sa vie. Mais elle l'a rattrapé, de force. Oh oui, mon frère était intelligent. Bien plus que ça même… Je hoche doucement la tête. Tout ça n'a pas pu arriver. Tom… Mon cher Tom…

Je sens la main de Rachel se poser sur mon épaule. Douce et ferme.

— Nous avons encore un long chemin à parcourir toutes les deux, Emma.

J'acquiesce silencieusement. Dehors les enfants se sont disputés. L'un d'eux s'est mis à pleurer.

REMERCIEMENTS

Merci à ma mère, Danielle Mayeras.

Merci à Maxime Dupuis, sans qui cette histoire n'aurait eu aucun sens.

Merci à Alexandra Madelmont, à Marie Bossavy et à Garance Rouveron pour leur aide et leur soutien.

Merci à Ronald Blunden, pour ses conseils et son souci du détail.

Merci à Carine Barth, et son stylo vert salvateur.

Merci aux émissions plus ou moins culturelles. Bon gré. Malgré.

Merci à mon père, qui ne saura sans doute jamais pourquoi.

Table

Du même auteur :

Reflex, Anne Carrière, 2013.

PAPIER À BASE DE FIBRES CERTIFIÉES

Le Livre de Poche s'engage pour l'environnement en réduisant l'empreinte carbone de ses livres. Celle de cet exemplaire est de :
380 g éq. CO_2
Rendez-vous sur
www.livredepoche-durable.fr

Composition réalisée par Chesteroc Ltd.

Achevé d'imprimer en février 2016 en Espagne par
CPI
Dépôt légal 1re publication : décembre 2007
Édition 09 – février 2016
Librairie Générale Française – 31, rue de Fleurus – 75278 Paris Cedex 06

31/2236/3